재생의 부엌

: 도쿄 일인 생활 레시피 에세이

글·사진 오토나쿨

1인분의 일상,
1인분의 음식,
1인분의 마음.

* 모든 레시피는 1인분을 기준으로 합니다.

이 책에는 2021년 3월 13일부터 시작했던〈도쿄 일인 생활/스토리〉라는 뉴스레터로 발행했던 글들을 실었습니다.

일주일에 한 번씩 짧은 글과 음악 플레이리스트를 발행하기 시작해, 올해 5월 1일까지 총 110편의 글, 100개의 플레이리스트를 만들었습니다. 이걸 시작한 계기는 누군가가 멘션으로 보낸 '설거지에 대한 글을 쓰면 사보겠다'는 농담 같은 한마디였습니다. 그 멘션을 받고 바로 뉴스레터 서비스를 알아봤고 다음 날부터 구독자를 모집했습니다. 뉴스레터 소개는 이렇게 썼습니다.

〈도쿄 일인 생활/스토리〉는 생활에 대한 이야기들을 풀어갈 예정입니다.

생활 속에서 마주하는 다양한 모습들을 다루려고 하지만, 결국은 생활이라는 큰 틀에서 그 안의 것들을 만들어나가는 저의 이야기가 될 것 같습니다. 살림 이야기부터 최근에 즐겨 든는 음악, 좋아하는 스타일, 요리와 관련된 추억이나 레시피를 소개할 생각입니다. 글이 아닌 사진을 보내드릴 수도 있고, '아니 뭐 이런 이야기까지?' 싶은 것도 포함될 수 있습니다. 앞서 말씀드린 것처럼 전문 편집인이 봐주지는 못한 글이라 거칠고 아쉬운 부분이 많을 수도 있습니다. 양해를 부탁드립니다.

그리고 이틀 만에 첫 번째 뉴스레터를 발행했습니다.

이후 컨디션 난조 등으로 쉬었던 몇 주를 제외하고 약 110주 동안 저 소개 글과 같은 거칠고 여과되지 않은, 설거지 이야기가 아닌 그동안 누구에게도 말하지 않았던 속내를 시원하게 털어냈습니다. 물론 처음에는 소소하고 무난한 짧은 글을 쓸 생각이었지만 첫 번째 글을 쓰면서 이미 제가 하고 싶은 말이 어떤 것인지 알 수 있었습니다. 그야말로 '아니, 뭐 이런 이야기까지?' 싶은 글이었습니다.

아침을 지어 먹으면서 느꼈던 위로, 좋아하는 스타일에 대한 혼잣말 같은 주절거림, 실연의 쓰라림과 과거에 대한 질척임, 폭음의 경험과 실패의 흔적부터 계절이 바뀌면서 느꼈던 감정과 어쩌다 만들어 먹은 요리로 떠올린 지난 추억들까지. 아무도 궁금해하지 않을 사소하고 개인적인 글을 남에게 불쑥 내밀 용기가 어디서 나왔는지 알 수 없지만, 주 1회 발행이라는 규칙을 핑계 삼아 정기적으로 속 이야기를 풀어냈습니다. 대차게 자빠진 뒤 툴툴 털고 일어난 글도, 전송 버튼을 누르고 나서야 귀까지 벌게지는 부끄러움을 느끼며 후회한 글도 있었지만, 그것을 쓰기 위해 산책을 하고 머릿속을 정리하며 일주일에 한 번씩 솔직해지는 경험은 불안증과 우울증에 빠진 당시에 큰 힘이 되었습니다. 그리고 오늘까지 글을 쓸 수 있도록 버티게 해준 것은 자신들의 솔직한 이야기와 응원으로 공감해준 뉴스레터 구독자들입니다. 덕분에 좀 더 힘을 낼 수 있었고 솔직해질 수 있었습니다.

어떤 감동이나 교훈은 없을지도 모르지만, 부엌에서 끼니를 만드는 과정을 통해 자책과 후회의 굴레에서 빠져나와 일상으로 되돌아오는 여정을 담담하게 봐주시기 바랍니다.

저의 재생을 함께해주셔서 감사합니다.

01

아침

: 다독임의 식탁

저의 아침 기상 알람은 8시입니다.

직장인치고 꽤 늦은 기상이죠. 게다가 알람을 끄고 한참을 더 누워 있습니다. 추운 계절 탓도 있겠지만, 맨살에 닿는 이불 속 묘한 푸근함을 조금이라도 더 느끼고 싶은 마음에 이불을 목까지 끌어 올려 얼굴만 내놓은 상태로 아이폰의 시리를 불러 음악을 틀어

달라고 합니다. 이렇게 음악을 들으며, 이불 속에서 천천히 스트레칭을 하면서 자기 전에 생각해둔 아침 메뉴의 요리 순서를 생각합니다. 두부는 물기를 제거하고, 냉동실에 넣어두었던 명란을 꺼내 껍질을 벗겨놓고, 달걀말이를 제일 먼저 하고, 그다음 밥을 짓고, 옆에서 두부를 굽고, 밥이 뜸 들이기를 시작하면 생선을 굽고. 이 순서를 머릿속에 정리한 뒤 침대에서 일어나 슬리퍼를 신고 아이폰을 보면 신기하게도 언제나 8시 30분입니다.

파자마를 입고 소름이 돋을 정도로 냉기가 도는 부엌으로 가서 밤새 냉침해둔 옥수수 차를 머그컵에 반 정도 붓고, 주전자에 불을 올립니다. 뻣뻣한 양쪽 어깨를 스무 번쯤 돌리고 나면 옥수수 차가 끓는데, 머그의 나머지 반을 채우면 공복용 유산균과 글루타민을 먹기에 딱 좋은 온도가 됩니다. 식탁 위에 있는 스피커를 켜서 자기 전에 만든 애플뮤직의 플레이리스트를 틀고, 침대에서 시뮬레이션한 순서대로 아침 식사 준비를 시작합니다. 재료를 꺼내고, 손질하고, 조리하고. 시간이 많이 필요하거나 손이 많이 가는 찬이 아닌 이상, 아침에 먹는 건 그때그때 바로 만듭니다. 가로세로 10센티미터짜리 두부를 포장 용기에서 꺼내 거즈 행주로 감싸고, 시금치를 한 뿌리 꺼내 데친 뒤 무치고, 연근과 우엉을 조리고. 찬을 담을 접시들을 꺼내 트레이나 매트에 먼저 세팅해보고, 트레이를 쓸지 매트를 쓸지 어떤 접시를 쓸지 고릅니다. 만든 음식을 접시에 옮겨 담고, 생선 구이에 레몬을 곁들이고, 밥을 퍼 식탁에 올린 뒤 오늘의 찬 색깔에 어울릴 젓가락과 젓가락 받침대를 골라 가지런히 놓습니다.

느릿하고 나태하지만, 쓸데없이 부지런하고 바쁜 저의 아침입니다.

저의 아침 식사는 꽤 오랫동안 커피와 토스트였습니다.

입에 맞는 생두를 골라 주문하고 맛있는 토스트 빵을 찾아다니는 게 일상이었고, 그에 곁들일 잼을 고르는 것 또한 큰 즐거움이었습니다. 만취하다시피 해서 집에 돌아와도 내일 마실 커피가 없으면 로스팅을 했고, 아사쿠사의 명물인 75년 전통의 펠리컨 식빵은 예약해서 먹을 정도로 그 맛에 푹 빠졌죠. 38도를 넘는 여름 아침에도 뜨거운 커피를 마시는 것이 전혀 이상하지 않았고, 입술에 닿는 갓 구운 빵의 뜨거운 까칠함과 달콤하고 차가운 잼의 조화가 무척 좋았습니다.

그러다 무기력의 늪에 빠져 한동안 아침을 먹지 않았고, 불면증으로 잠을 설치는 날들이 점점 늘어나면서 9시 반을 넘겨 눈 뜰 때가 많았습니다. 그 때문에 늘 출근 시간에 쫓겼고, 전철보다 시간이 덜 걸린다는 이유로 자전거를 타고 다녔는데, 8킬로미터 거리를 30분 내에 갔던 그때를 지금 생각해보니 정말 무기력한 게 맞긴 했나 싶네요. 이런 웃긴 시간을 거친 뒤 다시 시작한 아침은 프로틴 셰이크와 삶은 달걀이었고, 그 뒤 어떤 하루를 보낸 다음 지금의 아침 식사로 정착했습니다.

처음 아침 정식을 차려 먹었던 날.

오랜만에 밥과 찬이 있는 정식이 먹고 싶어져서 마침 냉장고에 있는 재료들로 만들었던 기억이 납니다. 한동안 요리를 안 했던 터라 뭐부터 해야 할지 모르다가, 그동안 해온 '가락'이 있으니 뭐든 먹을 만한 걸 만들어내겠지 하는 가벼운 마음으로 시작해서, 별 어려움 없이 비교적 쉽게 상을 차렸습니다. 잡곡밥과 고등어구이, 오이와 미역 초무침, 그리고 버섯 구이. 간단하고 힘들 게 없는 상차림이었습니다.

다 먹고 설거지를 하는데 명치 쪽이 슬슬 답답해지면서 얹혔나 싶은 기분이 들기 시작하더니, 입안에 짠 기운이 돌면서 눈물이 흘렀습니다. 갑자기 아무 이유도 없이 말이죠. 그렇게 싱크대에 서서 울다가 티셔츠로 얼굴을 닦고 설거지를 끝낸 뒤 맥주를 마시면서, 대충 만들어 먹었다고 생각했던 그 아침이 생각보다 큰 위안이었다는 것을 깨달았습니다. 그리고 그 뒤로 매일 아침을 해 먹기로 다짐했죠.

어떻게 보면 꽤 서글프지만, 혼자 버텨서 만들어내는 생활, 그 생활로 채워나가는 인생이라는 건 치열할 수밖에 없잖아요. 하지만 아주 가끔은 '괜찮아'라고 말해줄 누군가가 곁에 있었다면 내 인생이 조금은 다르게 변했을까? 생각하기도 합니다.

이제는 아침 식사로부터 다독임을 받고 있습니다. 자신이 자신의 위안이 된다는 것, 그리고 위로의 방법이 온전히 자신만을 위한 것이라는 점. 아마 이런 기분을 느껴봤기 때문에 제가 요리에 빠지는 게 아닌가 싶기도 합니다. 그리고 그 감정을 고스란히 담아내는 시간이 아침을 만드는 시간이고, 그 식사 덕분에 고단하고 지난한 하루하루를 버텨내는 것이겠죠.

삶은 연어 정식

많은 사람들이 좋아하는 연어가 저에게는 애증의 생선입니다. 회는 너무 기름지고 구이는 너무 평범하고, 그래서 언제나 선택에서 밀리는. 연어 입장에서는 어쩌라고? 싶겠지만, 그래도 좋아합니다. 인기 많은 연어의 기고만장함을 담백하게 만들어주는 삶은 연어를 좋아합니다. 생선은 먹고 싶은데 냄새 때문에 조리하기 망설여질 때 특히 삶은 연어를 추천합니다. 조리 시간도 짧고 담백하게 즐길 수 있습니다.

(별도의 언급이 있는 경우를 제외하고는 모두 1인분 기준입니다.)

구성   삶은 연어, 혼다시에 삶은 채소와 단호박, 시금치 두부 무침, 달걀 프라이, 맑은 미역 장국

재료 ◦ 자반 연어

◦ 혼다시에 삶은 채소 : 당근, 깍지콩, 브로콜리나 콜리플라
워 등 채소는 취향대로, 단호박(가로세로 5cm 정도 크기),
혼다시 과립 2작은술

◦ 시금치 두부 무침 : 흐르는 물에 씻은 시금치 1뿌리, 연두
부 반 모, 간장 1작은술, 소금 2꼬집, 참기름 1큰술, 깨소
금 1작은술

◦ 달걀 프라이 : 달걀, 간장 1/2큰술, 미린 1큰술

◦ 맑은 미역 장국 : 마른미역 1/2큰술, 참기름 1큰술, 간장
1작은술, 미린 1작은술, 혼다시(물 300ml, 혼다시 과립 2작
은술) 300ml, 대파 흰 부분 5cm

요리법   ① 냄비에 물 300ml를 붓고 혼다시 과립 2작은술을 풀어 중 불로 끓입니다. 끓으면 당근, 깍지콩, 브로콜리, 단호박 등 을 넣고 삶습니다. 종류에 따라 2~3분 정도, 단호박은 5분 정도 삶은 뒤 건져냅니다.

② 1의 냄비를 강불에 올리고 시금치를 뿌리부터 넣어 데 친 다음 찬물에 식힌 뒤 물기를 짜내고 2~3cm 길이로 자 릅니다. 볼에 연두부를 담아 젓가락으로 적당히 자르듯 으 깬 뒤 시금치를 넣어 간장, 소금, 참기름으로 잘 섞은 다음 그릇에 담고 깨를 뿌립니다.

③ 중불로 달군 팬에 기름을 적당량 두른 뒤 달걀을 원하는 스타일로 구워 접시에 담습니다. 이 팬에 간장, 미린을 넣 고 살짝 조린 뒤 달걀 프라이 위에 끼얹습니다.

④ 중불로 달군 냄비에 참기름 1큰술을 붓고 잘게 다진 파 를 넣어 볶고, 혼다시를 부운 뒤 끓으면 중약불로 낮춰서 미역과 간장, 미린을 넣고 약 5분간 더 끓입니다.

⑤ 냄비 혹은 프라이팬에 연어가 잠길 정도의 물과 소금 1/2작은술을 넣고 끓입니다. 물이 끓으면 연어를 넣어 크기에 따라 약 5~8분 정도 삶습니다. 삶은 연어는 부러지지 않게 뒤집개 등으로 꺼내 접시에 올립니다.

02

토스트
: 그날 아침의 토스트

오늘 아침에는 정말 오랜만에 빵을 사서 토스트를 만들어 먹었
습니다.

대충 기억을 더듬어봐도 거의 2년 만이네요. 그동안 주말마다
빵을 만들기 시작하면서 사 먹을 일이 없었으니까요. 그러다 어제
걸어서 집에 오는 길에 슈퍼에 들렀다가 오랜만에 사 와서 오늘

아침에 해 먹었습니다.

제가 토스트를 먹는 방법은 간단합니다.
오븐 토스터에 버터 없이 구워낸 뒤 잼을 발라 먹는 것. 이게 전부입니다. 생햄이나 아보카도, 치즈 등을 올려 구워내는 스타일은 애인이 자고 갈 때 다음 날 아침으로 두어 번 해준 적은 있지만, 제가 가장 좋아하는 스타일은 역시 그냥 구워 먹는 것입니다.
빵을 토스터에 넣고 가장 높은 온도로 세팅한 뒤, 타이머는 6분에 맞춰 굽습니다.

타이머 돌아가는 소리가 들리기 시작하고 토스터 안은 천천히 붉게 변합니다. 빵의 수분으로 토스터 안에 습기가 차면서 뽀얗게 된 작은 창 밖으로 새어 나오는 빵이 구워지는 향은, 커피 내리는 시간을 초조하게 만듭니다. 타이머가 다 돌아가기 전, 빵 표면의 절반이 짙은 갈색이 되면 타이머를 끄고 토스터를 엽니다. 제가 가장 좋아하는 약간 탄 듯한 빵. 갓 구워낸 빵의 열기를 식히기 위해 토스터를 열어둔 채로 두고, 커피와 잼부터 식탁에 놓습니다. 좋아하는 법랑 접시에 빵을 올리고 잔에 커피를 채웁니다. 그리고 가볍게 심호흡을 한 다음, 잼을 바르기 전에 알맞게 뜨거운 토스

트 가장자리를 한 입 베어 뭅니다. 뜨겁고 거친 빵 표면이 먼저 입술에 닿고 그걸 베어 무는 순간, 입안 가득 퍼지는 잘 구워진 탄수화물의 행복한 맛. 코끝에는 세상에서 가장 고소한 향이 감돌고, 귀에는 가장 경쾌한 소리가 들립니다. 바사삭. 이 사랑스러운 소리에 비할 수 있는 건 아마도 차가운 맥주 캔을 따는 소리밖에 없지 않을까요? 잇자국이 난 토스트에 가장 좋아하는 팁트리의 샴페인 들어간 딸기 잼을 듬뿍 바릅니다. 그리고 또 한 입. 입술에 묻은 잼을 혀로 핥은 다음에야 커피잔을 들어 한 모금 마시면, 행복한 기분에 입꼬리가 저절로 올라갑니다. 화려하지도 않고 어쩌면 밋밋하고 평범한, 소확행이라는 단어에 가두고 싶지 않은 저만의 소중한 행복입니다.

언제부터 토스트를 이렇게 좋아하게 되었는지는 정확히 기억나지 않지만, 아주 옛날에 사귀던 사람 집에 있던 일제 '나쇼날 오븐 토스터'에서 구워낸 식빵을 처음 먹어보고 바로 남대문으로 달려가 똑같은 토스터를 샀는데, 아마 그날부터였던 것 같습니다. 조금 쓸데없는 이야기를 덧붙이자면, 그날 버터를 바른 토스트와 삼각 비닐팩에 든 커피 우유, 그리고 바나나를 아침으로 먹었는데, 그 사람은 몇 년째 같은 아침을 먹고 있다고 했습니다. 그 이야기를 듣고 그 사람이 더 좋아졌죠.

그러고 보니 일본에 와서 살면서 가장 먼저 산 가전 역시 오븐 토스터였네요. 토스터를 산 뒤로 냉장고에는 식빵이 떨어지지 않았고 틈만 나면 빵을 구워 먹곤 했습니다. 그걸 먹으면 아무 이유 없이 기분이 좋아지곤 했으니까요.

그리고 토스트에 대한 조금 다른 기억이 있습니다.

몇 년 전, 마음의 상처를 다잡지 못해 오랜 기간 동안 폭음을 한 적이 있었습니다. 술을 많이 마신 다음 날 일어나면 마치 뇌의 일부를 덜어낸 것 같은 엄청난 두통과 기억나지 않는 순간들이 몰려오는 시절이었죠. 왜 옷이 이 지경이 되었는지, 대체 이 상처는 어쩌다 생겼는지 기억을 떠올려봐도 머릿속은 텅 빈 상태였지만, 같이 술을 마신 그 누구에게도 물어보지 못했습니다. 온종일 숙취에 시달리고 자책하면서 다시는 술을 마시지 않겠다고 다짐했지만 기회만 생기면 어김없이 술자리에 앉아 전날의 고통과 다짐은 천천히 올라오는 취기와 함께 날려버리고 또다시 폭음을 하는 끔찍한 시간을 반복했습니다.

숙취로 엉망이 된 몸을 겨우 일으켜 빈속으로 출근하고, 일을 마친 뒤 집에 돌아와서는 어서 빨리 눕고 싶다는 생각에 아무것도 하지 않고 바로 씻고 자버립니다. 옷은 아무 데나 벗어둔 채로 계속 쌓여갔고, 더이상 꺼내 입을 옷이 없을 때는 바닥에 뒹구는 옷들을 뒤적이고. 내가 지금 뭘 하는 건가 싶다가도, 아 몰라 어떻게 되겠지, 라는 육체적 피곤함에서 오는 나태함이 정신을 갉아먹는 상태였습니다. 요리한 지가 언제인지도 알 수 없는 부엌은 마른 물때로 가득했고, 화장실 변기에 앉아서야 휴지가 떨어진 걸 알 정도였으니 다른 생활은 말할 것도 없겠죠. 지금 생각해보면 연일 이어진 숙취나 상처보다 더 끔찍한 건, 엉망진창으로 생활하고 있다는 걸 알면서도 '아무것도 할 수 없다'는 자책의 동굴에 스스로 숨어 들어가는 것이었습니다.

이 시기는 저에게 꽤 무서운 기억으로 남아 있습니다.

이미 한 번 슬럼프를 겪은 뒤였고, 나름의 규칙적인 생활을 하면서 그것이 자리를 잡아갈 즈음에, 예상치 못한 일에 휘둘려 한순간에 절제의 줄을 놓아버렸죠. 그때만 해도 언제든 마음만 먹으면 곧바로 예전으로 돌아갈 수 있다고 자신했지만, 결코 생각대로 되지 않았습니다. 3개월 가까이 저런 상태로 보냈는데, 그 시간은 깊은 상처를 남겼을 뿐만 아니라 이전으로 돌아가기까지 너무나도 오래 힘들었습니다. 이런 굴레에서 벗어나지 못하고 그대로 주저앉아버리거나, '그때 그런 경험'이라고 이야기할 수 있는 때가 절대 오지 않을지도 모른다는 공포심이 머릿속에 가득했던 그 시절은, 잊고 싶은 기억이자 절대 잊어서는 안 되는 기억이 되었습니다.

그러던 어느 토요일, 전날 폭음으로 엄청난 숙취를 겪으며 온종일 굶었지만, 도저히 머리를 들고 일어날 수 없을 정도였습니다. 침대에 웅크린 채 천장만 보다 자다 깨다, 그렇게 일요일을 맞이했고 창밖은 당장이라도 비가 올 듯 흐렸습니다.

"토스트…"

얼핏 잠이 들었는데 누군가 '뭐 먹고 싶어?'라고 묻는 듯했고, 저 대답을 입 밖으로 낸 기억이 납니다.

배에서 나는 꼬르륵 소리를 듣고 나서야 잠에서 깼고, 이틀 동안 아무것도 먹지 않았다는 걸 알았죠. 침대에서 겨우 기어 나와 늘 빵을 넣어두던 냉동실을 열어봤습니다. 언제부터 있었는지 알 수 없는 식빵 한 장이 얼음에 뒤덮인 채로 지퍼백 안에 들어 있었습니다. 냉장실에는 열어보기 두려운 법랑 용기 두어 개와 맥주 한 캔이 전부였습니다. 답이 없는 냉장고를 멍하니 바라보다 식빵을 꺼내 얼음을 털어내고 오븐 토스터에 넣어 구웠습니다. 뜨거운 열기와 붉은빛으로 점점 차오르는 오븐 토스터를 보는 게 얼마 만인지, 빵이 구워지는 향을 맡은 게 얼마 만인지. 얼굴을 감싸는 따뜻한 기운과 향을 느끼면서 토스터 앞에 서서 빵이 구워지는 모습을 한참 바라봤습니다. 언제나 빵을 담던 접시를 찬장에서 꺼내 구워진 빵을 올리고 식탁에 앉았습니다.

손자국이 남을 만큼 먼지가 가득한 식탁 위에, 언제나의 접시에 올려진, 태우다시피 바싹 구운 언제나의 토스트.

소금기 가득한 입으로 물도 없이 그 토스트를 다 먹었습니다. 그러고 나서 제일 먼저 한 일이 냉장고의 맥주를 버리는 것이었습니다. 그리고 이날을 계기로 '언제나 해왔던 것들을 아무 일 없이 계속 해나갈 수 있는' 생활을 하는 사람이 되겠다고 다짐했습니다.

정해진 날짜에 쓰레기를 정리해서 버리는 작은 일부터, 퇴근하고 장을 봐 저녁을 만들고 잠자리에 들기까지의 일들을 차근차근 다시 규칙적으로 만들어가기 시작했습니다. 안정적인 식생활을 위해 평소에 준비해둘 것을 정했고, 청소 방법까지 다시 잡았습니다. 이렇게 글을 쓰고 있는 지금이야 일목요연하게 정리할 수 있지만, 그때는 머리와 몸에 큰 공백이 생긴 상태였기 때문에 그 공백을 채우고 습관으로 만들기까지 아주 오래 걸렸습니다. 루틴을 만들고 그것을 지키는 데에 강박에 가까울 정도로 집착하게 된 것은, 두 번 다시 그런 힘든 시간을 겪고 싶지 않았기 때문이기도 합니다.

물론 지금은 그렇게까지 챙기지 않아도 제 생활에 큰 지장은 없습니다. 이젠 자신에게 '하지 않아도 괜찮아'라는 시간을 줄 때 '이걸 하지 않아도 될 만큼 준비를 해두었나'를 먼저 돌아봅니다. 물리적인 준비뿐 아니라 어떤 것을 잠시 내려놓았다가 다시 추스르고 일상으로 돌아올 수 있는 마음가짐까지.

마룻바닥에 떨어진 머리카락을 줍는 것도, 자괴감의 심연에 빠진 자신을 건져 올리는 것도 결국 자기 자신밖에 없으니까요.

오랜만에 먹었던 토스트와 잼. 그리고 '그때 그런 경험'이 있었다고 말할 수 있는 날.

오늘이었습니다.

1. 레몬 버터

가끔 만들어 먹는 레몬 버터입니다. 레몬 필이 들어가 향뿐 아니라
상큼한 식감도 즐길 수 있습니다.

재료   가염 버터 50g, 레몬 작은 사이즈 1개

요리법   ① 잘 씻은 레몬은 레몬 제스터용 필러로 노란 껍질 부분은
          갈아내고 나머지로는 레몬즙 20ml를 만듭니다.

          ② 실온에 둔 버터를 볼에 담고 실리콘 주걱 등으로 크림처
          럼 만든 뒤, 1의 레몬즙을 4~5번 나눠 넣으면서 섞습니다.
          한 번에 다 부으면 분리되기 때문에 조금씩 넣으면서 잘
          섞어야 합니다. 마지막으로 레몬 제스트를 넣습니다.

③ 완성된 레몬 버터는 모양을 잡은 뒤 랩으로 싸서 냉동실
에 보관하면 조금씩 잘라서 먹을 수 있습니다.

2. 잼

잼은 가장 기본인 딸기 잼과 블루베리 잼, 오렌지 마멀레이드를 즐겨 먹습니다. 잼에 대해 깊은 지식은 없지만, 구운 빵에 발라 먹는 걸 좋아해서 비교적 다양한 가격대와 다양한 브랜드의 잼을 찾아봤습니다. 새로운 브랜드를 발견하면 우선 딸기 잼을 먹어보고 입에 맞으면 계속 구매합니다.

그동안 먹었던 브랜드 중 하나를 꼽는다면, 1885년에 창립해서 지금까지 자가 농원에서 기른 고품질 과일을 원료로 잼을 생산하여 영국 왕실에 납품하고 있는 월킨앤선즈Wilkin & Sons의 팁트리Tiptree가 있고, 그중에서도 스페셜티 라인으로 나온 샴페인이 들어간 딸기 잼Strawberry with Champagne과 몰트 위스키가 들어간 오렌지 마멀레이드 Orange with Malt Whisky입니다. 팁트리의 가장 큰 특징은 재료 본연에서 나오는 묵직한 단맛입니다. 그 묵직한 맛에 샴페인과 몰트 위키스의 풍미를 더한 이 잼들은 한 입 물 때 가장 먼저 다가오는 향과 혀 끝에 닿는 고집스럽고 풍성한 맛을 느끼는 즐거움을 선사합니다. 잼을 바른 토스트를 다 먹고 나면 살짝 업되는 기분은 덤이고요.

하지만 가장 큰 미덕은 가벼운 달콤함입니다. 냉장고에 잼이 떨어졌을 때 서슴없이 동네 슈퍼로 가는 이유는 부담없는 가격으로 언제나 손에 쥘 수 있는 본마망Bonne Maman이 있기 때문입니다. 본마망은 '할머니'라는 이름처럼, 솜씨 좋은 할머니가 늘 같은 맛으로 만들어주는 그런 잼입니다. 화려하지 않지만 변함없고 어떤 맛을 골라도 맛있는, 할머니 손맛에 대한 신뢰. 본마망의 딸기 잼은 딸기 잼의 대명사라고 해도 지나치지 않습니다. 빵에 바르고 난 뒤 잼나이프에 묻은 걸 핥아 먹을 때, 변함없음에 안도감을 느낀다면 과할까요? 어디서나 볼 수 있는 식탁보 같은 빨간 체크무늬 뚜껑이 주는 작은 행복이 바로 본마망입니다.

03

파스타

: 그녀는 요즘 어떤 파스타를 먹고 있을까?

"자기는 아침에 주로 뭐 먹어?"

잠이 덜 깬 건지, 베개에 얼굴을 반쯤 파묻은 채 눈도 안 뜨고 건넨 첫마디였습니다. 시간을 보니 아침 8시. 보통은 첫인사로 잘 잤냐고 묻지 않나요? 어지간히 배가 고픈가 보다 싶어 아침 해줄까, 라고 물었죠.

"정말? 그 말 듣자마자 갑자기 배고파지네."

배고프다는 그녀의 말에 침대에서 나와 티셔츠와 바지를 입고
냉장고 문을 열어봅니다. 버섯 세 종류, 달걀, 두부, 시금치와 소송
채, 그리고 냉동실에는 생선 몇 가지와 소분된 명란, 새우가 있었
습니다. 상사와 함께 2박 3일 출장을 온 그녀는, 시간 여유가 없어
마지막 날 저녁만 함께하기로 했는데, 상사의 배려로 마지막 밤을
자유 시간으로 받아 저와 함께 술을 마시고 집으로 왔습니다. 집
에 손님 맞이용으로 사둔 재료는 따로 없어서, 냉장고 안을 보면
서 그런 사정을 대충 말했더니 그녀가 물었습니다.

"혹시 파스타 잘해?"

이 질문을 받고 생각해보니, 누군가에게 파스타를 해준 적이 없
었습니다. 혼자서야 여러 재료와 다양한 방법으로 비교적 자주 해
먹었지만 누군가에게 만들어주고 평가를 받은 적은 없던 터라, 내
입에 맛있어도 잘한다고 할 자신은 없었습니다. 더군다나 그녀에
게 해주는 첫 요리. 그렇게 솔직하게 말했죠.

"진짜? 걱정할 정도 아닐 거 같은데? 해줘. 네가 만든 파스타 먹
어보고 싶어."

웃으면서 해달라고 하니 더는 도망칠 수가 없었습니다. 냉장고
를 다시 열어 어떻게 만들까 하며 재료를 보고 있으니 그녀가 머

리를 묶으며 옆에 와서 말했습니다.

"늘 네가 먹던 식으로 해줘. 다른 식 말고, 네 식대로."

말 한마디로 심장을 쥐락펴락하는 사람이라니.

일단 커피잔과 파스타를 담을 접시를 준비한 뒤 냉장고에서 재료들을 꺼냅니다.

버섯들과 시금치, 명란과 새우. 해동이 필요한 재료부터 시작합니다. 냉동실에서 꺼낸 5센티미터 정도 크기의 명란은 작은 접시에, 새우 여덟 마리는 래핑된 채로 사각 접시에 담아 물을 붓고 해동합니다. 버섯은 양손 가득 찰 정도로 준비하고 시금치는 2인분이니까 두 뿌리. 새송이버섯은 자른 밑동 쪽에 十 자 모양으로 칼집을 넣어 손으로 잘게 뜯고, 역시 손으로 뜯은 잎새버섯, 만가닥버섯과 함께 접시에 담습니다. 시금치는 흐르는 물에 씻은 뒤 물기를 털고, 뿌리 부분을 칼로 자른 다음 손으로 삼등분합니다. 여기까지 하고 나면 명란과 새우가 손질하기 좋게 해동되어 있습니다.

명란은 손톱으로 껍질을 긁어 벗겨냅니다. 완전히 해동된 상태보다 살짝만 된 상태가 훨씬 쉽게 잘 벗겨지거든요. 새우도 마찬가지입니다. 머리는 몸통 부분과 연결된 곳을 잡아 손으로 부러뜨리고, 껍질은 꼬리만 남기고 제거합니다. 이렇게 벗겨낸 새우 머리와 껍질은 육수용으로 따로 모아 물기를 빼둡니다. 껍질을 깐 새우는 등 부분을 잘라 내장을 제거하고, 흐르는 물에 씻은 뒤 키친타월로 물기를 닦습니다. 이렇게 재료들을 먼저 준비해둔 다음, 면을 삶을 준비를 합니다.

이때부터 살짝 긴장하게 됩니다.

그동안 언제나 혼자 먹을 양을 만들다 보니 2인분 만드는 게 익숙지 않기 때문이죠. 술안주 같으면 1인분도 별로 걱정 안 하는데 식사는, 특히 파스타같이 한 접시로 끝나는 경우는 양뿐 아니라 간 맞추는 것 역시 익숙지 않아서 긴장하게 됩니다. 면을 꺼내면서 보통 먹는 파스타 양이 어떻게 되는지 물었습니다.

식탁에 앉아 노트북으로 메일을 보내는 그녀는 뒤도 안 돌아보고 대답했습니다.

"넌 얼마나 먹는데? 네가 늘 먹는 양으로 해줘. 똑같이 먹을 거야."

저는 체구는 작아도 양은 절대 적지 않기에 걱정이 돼서 다시 물었죠. 그러자 그녀가 고개를 돌려 날 보며 말했습니다.

"언제나 네가 먹는 양으로."

마늘은 으깨는 게 좋은지, 다져서 넣는 게 좋은지, 면은 알덴테가 좋은지 아님 벤코토 이상이 좋은지는 물어볼 수조차 없었습니다.

파스타 용기에서 익숙한 양을 꺼내 저울에 올려봅니다. 130그램. 역시 1인분이 아니었습니다. 그래서 거기에 40그램을 더 얹었죠. 물론, 이것도 적은 양은 아니지만. 냄비에 물을 2리터 정도 붓고 끓이기 시작합니다. 이때 프라이팬도 준비해서 올리브오일을 넉넉하게 두르고 중불로 가열합니다. 마늘은 큰 덩어리를 두 쪽 꺼내 꼭지를 잘라 하나는 칼로 눌러 으깨고 하나는 잘게 다져 팬에 넣고 서서히 익힙니다. 이렇게 해야 마늘 향이 진하게 나죠. 물을 끓이는 냄비에 기포가 올라오면 소금을 1큰술 못 되게 넣습니다. 나중에 부용Bouillon(고기나 채소를 끓여 만든 육수로, 맑은 수프나 소스용으로 씀)을 넣고 명란이 들어가는 것까지 계산해서 소금은 평소보다 적게 넣죠. 물이 끓기 시작하면 파스타 면을 넣어 삶습니다. 시간은 보통 9~10분 정도 잡지만, 알리오올리오가 아니라면, 면을 조금 일찍 건져 프라이팬의 재료와 같이 익히면서 마무리하므로 타이머는 7분으로 맞춥니다.

프라이팬의 마늘에 연한 갈색이 돌기 시작하면 강불로 올린 다음 새우와 새우 머리, 껍질을 넣습니다. 그런 다음 바로 프라이팬 안에 불을 붙여 불 맛을 입힙니다. 이때 향이 정말로 기가 막히죠.

마침 메일 업무를 끝내고 캔맥주를 따던 그녀가 이 모습을 보고 감탄했습니다.

"오! 일반 가정집에서 나올 법한 비주얼이 아닌데?"

청찬을 들어 얼굴은 웃고 있지만, 마음속 가득한 불안감은 점점 커져만 갑니다.

불 맛을 입힌 새우는 다른 접시에 먼저 빼둡니다. 올리브오일과 새우 껍질이 섞여 진해진 갈색 오일이 가득한 팬에 버섯을 넣고 가볍게 볶다가 면수 세 국자와 부용을 넣고 중불로 줄여 파스타 타이머가 울릴 때까지 끓입니다.

이때 네스프레소 전원을 켜고, 식탁 위에 테이블 리넨을 펼친 뒤 포크와 피클을 놓습니다. 네스프레소 예열이 끝나면 커피잔을 올려 캡슐 없이 물을 내립니다. 남아 있을 잔여물도 제거하고 컵도 예열하는 방법이죠. 마침 냉장고에 남아 있는 식빵도 꺼내 오븐 토스터에 굽기 시작합니다.

파스타 타이머가 울리면 팬에 있던 새우 껍질을 건져내고 면과 시금치를 넣어 섞어줍니다. 그런 다음 어니언 페퍼 시즈닝과 따로 빼둔 새우를 넣은 뒤 강불로 올려 마지막으로 잘 섞은 다음 불을 끕니다. 집게로 파스타와 버섯, 시금치를 잘 섞어 접시에 나눠 담습니다. 새우는 면 위에 올리고 팬에 남은 육수를 부은 뒤, 마지막으로 명란을 젓가락으로 잘 다듬어 올리고 후추를 뿌려 마무리합니다. 제가 해장용으로 즐겨 해 먹는 새우 육수로 맛을 낸 해물 수프 파스타입니다. 다 구워진 식빵은 먹기 편하게 반으로 잘라 나무 트레이 위에 올려 냅니다.

커피와 파스타를 내려놓자 그녀가 말했습니다.

"내가 명란 좋아한다는 말, 자기한테 했던가?"

들은 적은 없지만, 그녀의 표정에서 절반은 성공했다는 걸 알 수 있었습니다.

그녀는 포크로 명란을 조금 떠 새우에 올린 뒤, 새우와 버섯, 시금치와 파스타를 알차게 포크로 집어 돌돌 말아 입에 넣었습니다. 그리고 미간을 찌푸리며 빵을 뜯어 수프를 적셔 먹었습니다. 전 포크는 잡지도 못한 채 커피를 마시며 그녀의 표정만 살폈죠. 여전히 미간을 구긴 채로 다시 새우와 면을 익숙하게 포크로 집어 돌돌 말면서 그녀가 말했습니다.

"나 왜 오후에 공항으로 가야 돼? 그냥 여기서 종일 이 파스타만 열 끼 먹으면 안 돼?"

하아… 그제야 긴장이 풀린 저는 포크를 들고 파스타를 먹기 시작했습니다.

공항으로 가는 리무진 안에서 그녀가 물었습니다.

"그동안 아침 해준 사람들 많았지?"

믿을지 모르겠지만, 그녀가 두 번째였습니다.

"그럼 파스타는?"

당연히 그녀가 첫 번째였죠.

"아침에 한 말 진짜였어? 놀라운데? 이런 질문 의미 없는 거 잘 알지만 그래도 원하는 대답을 들으면 기분 좋잖아. 다음 달에 또 올 테니까 오늘 파스타 또 해줘."

그러겠다는 대답과 함께 회사 사람들이 볼지 몰라 리무진 정거장에서 가벼운 포옹만 하고 그녀를 보냈습니다. 그리고 그녀는 파스타를 먹으러 다음 달에 오지 않았고, 가장 중요한 부분에서 의견을 좁히지 못한 우리는 갈등이 깊어지기 전에 관계를 끝내기로 했죠. 2017년 중 가장 뜨거웠던 3개월과 가장 아쉬웠던 2주였습니다.

한동안은 그녀의 표정과 목소리가 떠올라 파스타 자체를 거의 먹지 않았지만, 시간이 지나고 기억이 옅어지면서 다시 만들어 먹기 시작했습니다. 물론, 아침을 해준 사람도 한 사람 더 늘었'었'죠.

혼자만 지내던 공간에 누군가 다녀가면 그 흔적들은 집이 아닌 제 세포 속에 남습니다. 배웅하고 돌아온 집 안에 남은 그녀의 향

수 잔향, 침구에 남은 체취는 고스란히 그 시간과 함께 묶여, 마치 숨구멍에 스며들듯 기억과 마음에 틈틈이 배어들어 숨 쉴 때마다 느껴질 정도가 됩니다. 그리고 시간과 함께 흘러가버리죠.

지금도 가끔 파스타를 만들고 있으면 특유의 저음과 독특한 말투로 "네 식대로"라고 하던 그녀가 떠오르곤 합니다.

그녀는 요즘 어떤 파스타를 먹고 있을까요?

버섯 버터 파스타

파스타가 저의 주종이 된 가장 큰 이유는 만드는 시간이 짧기 때문이었습니다. 늦게까지 야근한 후 집으로 돌아와 곧바로 해 먹을 수 있고, 늦잠으로 거르려던 아침을 짧은 시간에 든든하게 채울 수 있는 요리가 바로 파스타였습니다. 물을 끓이고 면을 삶는 동안 다른

재료를 준비할 수 있고, 대충 만들어도 고유의 맛을 즐길 수 있는 편한 요리입니다. 곁들일 재료가 무한하다는 점 역시 파스타의 장점이죠. 이 버섯 버터 파스타 역시 바쁜 아침에 15분 컷으로 만들 수 있습니다.

재료   스파게티 70g, 마늘 2쪽, 올리브오일 1큰술, 무염 버터 15g, 굴소스 1작은술, 각종 버섯 약 100g, 파슬리 가루 5g

요리법   ① 스파게티와 물, 소금의 양은 10:100:1로 잡습니다. 냄비에 물 1l, 소금 7g을 넣고 끓입니다. 물이 끓는 동안 준비한 버섯을 먹기 좋은 크기로 자르거나 손으로 찢습니다. 좋아하는 걸로 세 종류 정도가 적당합니다. 마늘은 얇게 슬라이스합니다.

② 물이 끓으면 스파게티를 넣고 10분간 삶습니다. 중불로 달군 팬에 올리브오일을 두르고 마늘 슬라이스를 넣어 향을 냅니다. 마늘이 중간 정도의 갈색이 되면 작은 접시에 빼둡니다.

③ 1번에서 준비한 버섯을 팬에 넣고 소금 한 꼬집을 뿌린 뒤 버섯이 촉촉해질 때까지 볶습니다. 여기에 다진 파슬리 가루 반을 넣고 향을 입힌 뒤 굴소스 1작은술을 추가해 다시 볶습니다. 여기까지 하면 대략 10분이 지납니다.

④ 3번에 면수 한 국자, 약 120ml 정도를 넣어 유화시킨 뒤 삶은 스파게티를 넣습니다. 팬의 불은 중불로 유지하고 빼 둔 마늘을 넣어 한 번 섞어준 다음, 버터를 넣고 소스와 면에 잘 섞이도록 가볍게 두어 번 저어주면 완성입니다. 그릇에 담은 뒤 남은 파슬리 가루를 뿌려줍니다.

04

크레이프

: 해야 하는 사람, 어떻게든 해내는 사람

저는 아침으로 가끔 크레이프를 해 먹습니다.

빵이 먹고 싶은데 집에 없으면 크레이프를 해 먹는데, 빵을 원
한다면서 왜 두툼한 팬케이크가 아니라 크레이프냐고 묻는다면,
우유와 달걀, 버터로 만드는 것 중에서 가장 간단하고 손쉽기 때
문입니다. 시간도 오래 걸리지 않습니다. 대략 10분 정도면 반죽

을 만들고, 구워서 접시에 플레이팅하기까지 30분 정도입니다.

레시피를 잠깐 볼까요?

혼자 먹는 양이고, 달걀은 큰 것을 기준으로 잡습니다. 큰 달걀은 보통 55~65그램입니다. 버터 25그램은 작은 그릇에 담아 랩을 씌운 뒤 600W 전자레인지에 30초 돌립니다. 녹지 않은 덩어리가 있어도, 녹은 버터의 잔열로 충분하니 30초 이상은 필요는 없습니다. 밀가루와 우유는 달걀과 같은 양으로 준비합니다. 시럽을 곁들이기 때문에 설탕은 빼고, 소금은 한 꼬집. 이렇게 준비한 재료들을 볼 하나에 넣고 핸드블렌더 등으로 섞어주면 반죽 준비는 끝입니다. 핸드블렌더가 없으면, 달걀, 우유, 밀가루, 소금을 거품기로 잘 섞은 뒤 녹인 버터를 넣으면서 거품기를 빠르게 저어 버터와 반죽이 잘 섞이게 해줍니다. 프라이팬은 중불로 시작해 반죽을 구울 때는 약불로 낮춥니다. 프라이팬 코팅이 조금 못 미더울 때는 버터를 10그램 정도 잘라서 팬에 녹인 뒤 키친타월 등으로 가볍게 닦은 다음에 구우면 됩니다. 반죽을 적당량 팬에 올려 달걀지단 부치듯 넓게 펴서 얇게 만듭니다. 프라이팬이 아주 크지 않으면 다섯 장 정도 만들어집니다. 구워낸 크레이프는 얇아서 그대로 겹치면 찢어지기 쉽기 때문에 두 번 접어서 부채꼴로 만든

뒤 접시에 올려둡니다. 이렇게 만든 크레이프에 심플하게 버터만 혹은 만들어둔 콩포트나 잼, 메이플시럽 등을 곁들이면 그걸로 끝이죠.

그런데 저는 대체 왜 빵을 사러 나가지 않고 직접 크레이프를 만드는 걸까요?
귀찮다는 말을 모르는 걸까요?

저는 요리를 좋아합니다. 잘한다기보다는 좋아하는 쪽입니다.
물론 좋아하면 자꾸 하게 되고 하다 보면 느는 것이 요리지만, 그래도 아직은 '잘한다'고 자신 있게 말하기엔 부족하다고 느낍니다. 겸손이 아니라, 편식이 심한 편이다 보니 그만큼 맛에 대한 식견이 좁아서 그냥 제 입에 맞게 만드는 정도입니다. 특히 제 마음 속 요리 멘토인 두 친구를 보면 전 아직도 병아리 같습니다.

다섯 살 때부터 할머니와 같이 살았고, 사춘기를 넘기고 사회인이 될 때까지 아침 7시부터 할머니와 같이 부엌에 서서 식사 준비를 해왔다던 A는 "하지만 요리를 좋아하는 건 아냐"라고 잘라 말하곤 했습니다. 외동딸인 A네 집은 식구가 많진 않았지만, 지방 출장 때문에 주중에는 집에 없는 어머니를 대신해 할머니와 함께 식사를 준비하는 게 너무 힘들어서, 나중에 혼자 살게 되면 하루 세 끼는 무조건 사 먹겠다고 다짐할 정도였다고요. 하지만 제가 아는 A는 걸어다니는 요리책이나 다름없는 사람입니다.

"할머니 때문에 노인들이 좋아할 구식 요리만 아는 것뿐이야. 한계야, 한계."

A는 저의 칭찬을 들으면 굳은 표정으로 손사래를 치며 이렇게 말하지만, 어떤 재료를 보더라도 그걸 중심으로 레시피 서너 개를 바로 써줄 수 있고, 신선하고 좋은 재료를 고르는 지식과 안목을 가진, 적어도 저에게는 요리 천재나 다름없는 친구입니다.

예전에 A와 술을 마시면서 요리 이야기를 나눈 적이 있었습니다.

마침 오토시おとし(손님을 자리에 안내한 후 간단한 술안주로 제공하는 요리. 일반적으로 자릿값과 같은 의미)로 나온 가지 절임을 앞에 두고 "가지 절임은 이렇게 하는 것도 맛있지만, 좀 더 맛있게 먹을 수 있는 또 다른 방법이 있지"라면서 재료와 레시피를 줄줄 말하는 A. 본인도 느낄지 모르겠지만 끊임없이 요리 이야기를 하는 A의 눈과 얼굴에서 빛이 날 정도였습니다. 그런 친구를 보고 있으면 재미있기도 했지만, 본인 의지와 상관없이 요리하는 수고가

끊이지 않는 생활이 인생 자체가 되어버린 것 같아서, 요리를 좋아하지 않는다는 말도 당연하게 느껴졌습니다.

C는 꽤 유능한 포토그래퍼로, 사진 실력만큼이나 요리 실력도 갖췄습니다. 화려한 플레이팅을 앞세우는 게 아니라, 재료 본연의 깊은 맛을 담담하고 정직하게 끌어내는 진정한 실력파가 아닐까 싶습니다.

한국에서 알게 된 일본인 T가 가장 친한 친구로 소개한 C는 제 손을 잡고 한국 요리를 무척 좋아한다고 눈을 반짝이며 이야기한 적이 있습니다. 그때는 처음 만난 한국인에게 인사치레로 하는 말이라고 생각하고 흘려들었습니다. 그런데 나중에 일본에서 T와 함께 C의 집으로 초대를 받은 날, 저녁으로 나온 순두부찌개와 불고기를 먹어보고 C가 정말로 한국 요리를 좋아한다는 사실, 그리고 요리하는 걸 사진 찍는 것 다음으로 좋아한다는 사실을 알게 되었습니다. 그 뒤로 T, C와 함께 한국 요리를 먹으러 다니면서 더 친해지게 되었고, 나중에 제가 이사 문제로 곤란한 상황에 처했을 때 C의 집에 보름 정도 신세를 지기도 했습니다. 생각해보면 그 보름은, 저의 살림살이에 큰 영향을 끼친 소중한 시간이 되었습니다. 매끼마다 냄비로 밥을 하는 것, 나베 요리를 좋아하는 것, 이불을 베란다에 널어 터는 것도 전부 C의 집에서 지낸 시간 덕분에 몸에 익히게 된 것들, 그리고 좋아하게 된 것들입니다.

　프리랜서 포토그래퍼로 활동하면서 한 달에 서너 군데 잡지사 일을 정신없이 해내는 C였지만 집에는 직접 담근 채소 절임이 서너 종류나 있었는데, 본가의 어머니가 만들어 보내주는 미소를 먹는다는 이야기를 듣고는 C의 살림 능력이 저절로 생기지는 않았다는 것을 알 수 있었습니다. 이제 미소 정도는 사다 먹자는 말을 허리도 안 좋은 어머니는 몇 년째 무시하면서 계속 만들고 있다고 C가 시큰둥한 말투로 걱정을 했습니다. "지나친 부지런함이 몸에 밴 거야"라면서 자신은 그렇게 살지 않겠다고 하는 C에게 '너의 부지런함도 만만치 않다'고는 차마 말하지 못했습니다.

　A와 C는 자신의 몸에 밴 살림 본능과 부지런함에 대해, 그냥 익숙하니까 자연스럽게 할 뿐이라고 했습니다. 물론 그렇게 되기까지 아주 오랜 시간 동안 적잖은 피로가 쌓였을 텐데, 어렸을 때부터 봐온 할머니나 어머니의 모습을 그대로 닮아갔다는 것이었습니다. 저는 두 사람의 이런 생활력과 요리 실력을 동경하지만, 그들이 그것을 몸에 익히기까지 겪어온 시간을 떠올려보면 조금 마음이 무거워집니다. 저처럼 자기가 좋아서 하는 경우와 두 사람처

럼 어쩔 수 없이 하는 경우는, 만족감이나 성취감을 떠나 그 일에 대한 피로도가 하늘과 땅만큼이나 다르기 때문이죠.

몇 년 전 『부엌과 나』라는 책을 낸 후 SNS에서 어떤 독자의 리뷰를 본 적이 있습니다.

"이렇게 하고 살면 참 피곤하겠다. 이렇게 하고 사는 사람도 참 피곤한 사람일 것 같다."

살림의 본질을 너무나도 정확하게 파악한 감상이죠. 살림은 사람을 피곤하게 하고, 피곤한 사람으로 만듭니다. 저는 어쩌다가 '무엇이든 제 손으로 해 먹는 인간'이 되었을까요? 직접 하는 것보다 보는 것을 즐기는 쪽에 가까웠기 때문에 영화나 만화같이 시각적인 것을 좋아했고 요리하는 사람에 대한 막연한 동경도 있지 않았을까 싶습니다. 그렇지만 무엇보다도 저는 '만드는 것'을 좋아하는 사람이기 때문에 어떤 형태로든 요리를 시작했을 거라 생각합니다. 이제는 이렇게 뭐든 제 손으로 만들어보는 것이 제 살림의 정체성이 되었고 제 정체성의 일부가 되었습니다.

때로는 귀찮기도 하고 시작을 하지 않으면 좋았겠다 싶은 것이 살림이고 요리입니다.

고생 끝에 찾아오는 보람과 즐거움은 이제 일상이 되어 무덤덤한 것이 사실이지만, 이제는 해야 하는 사람이 되었고 어떻게든 해내는 사람이 되었습니다. 하지만 주문해서 30분을 기다리면 먹을 수 있는 피자를 10시간 넘게 걸려 만들어서 먹는 것이 과연 바람직한 일인지는 자신할 수 없을 것 같습니다.

05

콘비니 라이프
: 어떤 기준

지난주에 이어 이번 주에도 정신없이 야근을 하고 있습니다.

특히 이번 주는 밤 11시 전에 퇴근한 적이 없을 정도로 바빴습니다. 좋아하는 점심 산책을 한 번밖에 못했고, 밥은 그냥 자리에서 먹었습니다. 제가 제일 싫어하는 것이지만, 다른 사람들과 시간을 다투며 일을 하다 보면 피할 수 없기도 합니다. 어제는 다섯 시간 동안 중간 점검 회의를 했는데 편집팀 팀장이 점심을 준비했으니 회의 끝나고 먹으라고 하면서 "도시락을 미리 주문 못해서 급하게 콘비니에서 사 왔으니 양해해줘요"라고 했습니다.

치킨 난반즈케를 들고 이걸 전자레인지에 데워 먹어야 하나 그냥 먹어야 하나 한참 고민하는 저를 보고 Y가 무슨 일이냐고 묻길래 저렇게 대답했더니 "김상은 콘비니 도시락 많이 안 먹어봤구나"라며 웃었습니다.

사실입니다. 콘비니 도시락을 마지막으로 먹은 게 언제인지 기억이 안 날 정도로 아주 먼 과거의 일입니다.

사람마다 다르겠지만, 저에게 편의점 즉, 콘비니는 '맥주를 빨리 살 수 있는 곳' 이상의 의미는 없습니다. 어쩌다 이렇게 되었는지는 모르겠지만, 기본적으로 저는 뭔가 먹고 싶은 것이 있으면 '사 먹자'라고 생각하기보다는 만드는 방법과 필요한 재료를 먼저 생각하는 사람이 되었습니다. 이렇다 보니 콘비니보다는 슈퍼를 더 자주 가고 어쩔 수 없이 밖에서 간단하게 끼니를 때워야 할 때도 주변 프랜차이즈 정식집을 찾는 경우가 훨씬 많습니다. 그러고 보니 일본에 살면서 콘비니에서 가장 많이 산 것은 맥주와 새우깡 같은 과자가 아닌가 싶습니다.

콘비니에서 파는 도시락을 사 먹은 적도 다섯 손가락으로 꼽을 정도이고, 기간 한정으로 판매하는 케이크나 유명한 라멘집과 협업으로 만든 컵라멘, 그리고 그 유명한 로손의 다마고산도 역시 아직 먹어본 적이 없습니다. 전자레인지에서 뜨거워진 플라스틱 접시의 느낌과 거기 담긴 음식의 식감을 별로 좋아하지 않기도 하고, 최근에 깨달은 사실이지만 차가운 냉장 음식을 그다지 좋아하지 않기 때문에 다마고산도 같은 달걀 샌드위치를 먹지 않는 것 같습니다. 가끔 겨울이 되면 나오는 니쿠망(고기가 들어간 찐빵)이나 오뎅은 각 콘비니 브랜드를 찾아다니며 제 입에 맞는 걸 찾아 먹기도 했지만 결국은 늘 가던 곳만 가고 먹던 것만 먹고, 그나마도 최근에는 거의 발길을 끊었습니다. 콘비니에 들를 때마다 사던 잡지 역시 아마존을 통해 주문하거나 전자책으로 구독하게 되면서 그곳에 들를 일은 점점 줄었습니다. 유일하게 관심을 가지고 계속 찾아서 먹는 것은 기간 한정으로 독특한 맛을 만들어내는 하겐다즈 같은 아이스크림이나 새우깡, 감자칩 정도?

가끔 콘비니에 오래 머무는 건 상품들을 하나하나 살펴볼 때입니다. 물론 사려고 본다기보다는 '이런 것도 있구나, 이런 것도 파는구나'라는 느낌으로 보고, 결국 계산대에 올려놓는 것은 언제나처럼 맥주 한두 캔뿐입니다. 그래서 도쿄나 일본에 놀러 오는 한

국 지인들이 콘비니 인기 상품 정보를 알려줄 때면 누가 일본에
사는지 헷갈릴 정도입니다.

일본에서 콘비니라는 존재는 조금 과장해서 말한다면 생활 자
체인 경우도 많습니다. 자는 것을 제외한 생활의 모든 것, 먹고 입
는 것부터 간단한 사무 처리, 택배 서비스, 다양한 금융 서비스와
심지어 급하게 화장실까지 해결할 수 있고 그렇게 하게끔 발달하
고 진화한 곳이 바로 일본의 편의점, 콘비니입니다.

일본에선 언제나 집에서 먹는 밥의 중요성을 앞세우는데, 실제
로는 집에서 요리하지 않는 사람들이 점점 늘어가고 있습니다. 그
만큼 다양한 금액대의 외식 시장이 발달했지만, 주택 구조상 요리
를 수월하게 할 수 없는 곳들도 있고, 시간이나 여러 가지 비용 절
감을 위해 체인점 도시락이나 콘비니 도시락을 사 먹는 일이 많습
니다. 최근에는 전자레인지에 데우기만 해서 먹는 간편식뿐 아니
라 구매 후 바로 식탁에 올릴 수 있는 반찬 시장까지 진출해서, 맞
벌이 가정이나 노인 혹은 일인 생활자에게 꽤 호평을 받는 상황입
니다. 그런가 하면 유기농 같은 건강 식품 등을 전문으로 취급하
는 매장까지 생기면서 '콘비니와 함께하는 생활 영역'이 점점 넓
어지고 있습니다.

예전에 청탁받은 글을 쓰기 위해 인터넷으로 자료를 찾다가 우연히 어떤 일본인의 블로그를 보게 되었습니다. 사진에 조금씩 비치는 배경이나 도구 등으로 보아 작성자는 아마 여성인 듯했습니다. 아주 심플하게 그날 먹은 콘비니 음식들을 사진과 함께 매일매일 기록하고 있었습니다. 방문자 수도 그리 많지 않았고 내용도 특별할 것이 없는, 그래서 더 보게 되는 그런 블로그였습니다.

구매한 식품들을 콘비니 테이블이나 집 식탁에 올려놓고 형광등 밑에서 찍은 덤덤한 사진에 콘비니의 위치, 상품 이름, 가격, 맛있다 맛없다 정도의 짧은 감상만 적혀 있고 방문자 댓글은 전무했습니다. 트위터나 인스타그램 이용자가 대부분인 요즘 이렇게 차분하고 건조하게 블로그를 꾸려나가는 게 오히려 신선할 정도였습니다. 대략 5년 정도, 거의 매일 기록하고 있었습니다. 그 사람의 첫 콘비니 음식은 점심으로 사 먹은 세븐일레븐의 나폴리탄 스파게티였습니다. 가격은 580엔, 맛은 그저 그렇다고 적혀 있었고, 저녁으로 먹은 시저 샐러드와 녹차 음료도 있었습니다. 콘비니에서 이렇게 다양한 도시락을 팔고 있었나 싶을 정도로 많은 도시락이 올라와 있었고, 평일뿐 아니라 토요일과 일요일, 휴일도 기록되어 있었습니다. 거의 1,800일 가까운 시간 동안 콘비니에서 산 음식들을 먹고 지내는 이 사람의 생활이 궁금했지만 블로그에는 콘비니 식사 이외의 정보는 단 한 줄도 없었습니다. 결코 짧지 않은 시간 동안 자신의 생활 기록을 꾸준히 남기는 게 결코 쉬운 일은 아닐 텐데, 이렇게 거의 하루도 빠지지 않고 매일 식생활을 정리하는 일 자체가 이 사람에게는 블로깅 이상의 의미가 있을 거라는 생각이 들었습니다. 과장해서 생각하면, 조금은 가벼운 마음으로 이어가는 생존 기록이 아닐까 하는.

저는 식사부터 술 마시는 것까지 대부분 집에서 해결하기 때문에 앞에서도 말한 것처럼 콘비니가 생활에 큰 부분으로 자리하는 일은 없었고 앞으로도 달라지지 않을 것 같지만, 저 블로그를 보고 나서 그동안 머릿속에 있던 콘비니에 대한 생각은 많이 달라졌습니다.

너무 당연한 말이지만 삶 혹은 생활의 기준과 무게를 어디에 두느냐에 따라 주변 환경이 가지는 무게감 또한 달라진다는 사실을 이렇게 한 번씩 피부로 느끼다 보면 그동안 살아오면서 쌓아 올린, 시각과 경험이 만들어내는 사고의 영역은 일종의 자기 최면이 아닐까 싶은 생각이 들기도 합니다. 남들이 하지 않는 것들을 하면서 잘 버티고 있다, 잘 살아가고 있다는 생각이 자존감의 밑거름이 되었고, 그렇게 하나하나 쌓아 올리는 사이에 저도 모르게 전자레인지로 데운 콘비니 도시락의 식감을 '어떤 기준'으로 두고 있었음을 깨달았습니다. 부끄러운 일이죠.

강박과 마찬가지로 자기 최면은 혼자 살아가는 사람들에게 마약 같은 존재라고 생각합니다. 어느 정도는 필요하지만, 과하면 독이 되는. 특히 과한 자기 최면으로 만들어진 얄팍한 자존감은 마치 모래성 같습니다. 예상치 못한 파도같이 반대편에 있는 또 다른 현실의 무게를 맞닥뜨리면, 그동안 만들어온 것들이 허상임을 알게 되어 바로 무너져 내리면서 다시 자괴감의 늪으로 빠질 가능성이 높죠. 사고와 개념의 불균형을 만들어내는 곳이 현실이지만, 아이러니하게도 그 불균형을 다시 바로 잡는 곳 역시 현실이라고 생각합니다. 그리고 무조건 내 손으로 다 해낸다고 해서 올바른 삶이라고 칭찬하거나, 반대로 별거 아니라는 식으로 낮출 이유도 없듯이, 나와는 다른 삶을 내 머릿속에 있는 어떤 기준으로 재단하는 것 자체를 지양해야 한다는 지극히 당연한 상식을 다시 한 번 떠올리는 것입니다.

저 블로그를 알고 난 후 콘비니 냉장 쇼케이스에 진열된 도시락과 샌드위치를 볼 때마다 푸르스름한 빛이 돌던 갈색 식탁 위의 도시락 사진들이 떠올랐습니다. 그리고 한동안 잊고 있다가, 어제 콘비니 도시락을 보면서 오랜만에 생각이 났습니다. 북마크도 해두지 않았고 그날 이후로는 들어가지도 않았습니다. 제가 알 수 없는, 알 이유가 없는 그 사람의 삶을 머릿속에 두고 싶지 않았고, 관심을 더 발전시키고 싶지도 않았습니다. 감정이 섞이지 않은 관심은 결국 '판단'으로 이어지니까요.

다만, 지금보다 더 건강하고 맛있는 도시락이 계속 많이 나와줬으면 좋겠다고 생각하게 되었습니다.
또 다른 누군가의 콘비니 라이프를 위해서.

치킨 난반즈케

치킨 난반즈케는 가볍게 튀겨낸 닭 가슴살을 야채와 함께 새콤한 식초 소스에 재워 먹는 요리입니다. 황설탕과 식초가 들어간 소스 덕분에 조리 후 바로 먹어도 되지만, 난반즈케의 맛은 재료에 깊게 스며든 소스로 튀김을 담백하고 상큼하게 즐기는 데 있습니다. 짧게는 30분 후에, 길게는 자기 전에 만들어 다음 날 아침으로 먹어도 좋습니다.

재료
- 닭 가슴살 100g 정도, 요리용 청주 1큰술, 녹말가루 1큰술
- 양파, 당근, 피망 혹은 파프리카 등 좋아하는 야채 반 개씩
- 난반 소스 재료 : 식초 50ml, 간장 2큰술, 황설탕 2큰술

요리법 　① 껍질을 제거한 닭 가슴살은 흐르는 물에 씻은 뒤 키친타
월로 물기를 제거합니다. 먹기 좋은 크기로 자르고 두꺼운
부분은 포크 등으로 찔러 잘 익도록 합니다. 그런 다음 청
주를 부어 재워둡니다.

② 양파는 약 5mm 두께로 자르고 당근은 조금 가늘게 채
썹니다. 피망이나 파프리카는 세로로, 양파와 같은 굵기로
자릅니다. 난반 소스 재료를 저장 용기에 담고 잘 섞은 뒤
자른 야채를 넣습니다. 여기까지 하면 1번의 닭고기가 적
당히 재워집니다.

③ 비닐백에 닭고기와 녹말가루를 넣고 조물조물해서 잘 섞어줍니다. 프라이팬에 기름을 조금 넉넉하게 붓고 중불로 달군 뒤 닭 가슴살을 튀기듯 굽습니다. 타지 않게 젓가락으로 뒤집으면서 약 5분간 굽습니다. 취향에 맞게 적당히 갈색이 돌면 닭고기를 건져 2번의 소스와 야채가 담긴 용기에 넣고 냉장고에서 30분 정도 재워둡니다. 그런 다음 닭고기와 야채를 함께 접시에 담아 냅니다.

＊ 피망이나 파프리카 등은 보기도 좋고 맛도 있지만 양파만 넣어도 충분히 맛있습니다. 접시에 담은 뒤 무순을 올려 먹어도 좋습니다.

06

뒷모습

: 밤의 공원 같은 친구

일본에는 동네마다 크고 작은 공원이 있습니다.

규모가 꽤 큰 곳도 있고, 그야말로 가볍게 한 바퀴 돌 수 있는 작은 동네 공원도 있습니다. 적당히 모래를 깔고 벤치를 서너 개 두는 데서 끝나는 것이 아니라, 그네나 작은 미끄럼틀, 정글짐같이 아이들이 놀 수 있는 놀이 기구나 화단과 나무가 있고 화장실과

세면 시설 등을 제대로 갖춘 곳들이 대부분입니다. 일본에서 공원은 시민 복지와 녹지 조성 차원에서 만들기도 하지만, 지진 같은 자연재해 시 대피소 혹은 응급 시설로 이용되는 중요한 사회 인프라입니다. 그 때문에 동네 규모와 상관없이 잘 관리된 공원을 만나는 것은 결코 어렵지 않습니다. 유명한 관광지인 요요기 공원이나 신주쿠 교엔 국립공원 등 건물이 빽빽한 도심 한가운데에 이렇게 크고 녹지 조성이 훌륭한 공원이 있다는 것은 도쿄라는 도시가 가지고 있는 매력 중 하나입니다.

지난 9월부터 저의 한낮은 녹색이 가득한 시간이 되고 있습니다.

회사 건물을 나와 길을 건너 조금만 가면 신주쿠 교엔 국립공원 주변 산책로를 걸을 수 있습니다. 회사가 이전할 곳을 처음 지도에서 확인했을 때 어느 정도 익숙한 동네라서 반가웠지만, 무엇보다 공원이 가깝다는 사실만으로도 회사에 나올 이유가 월급 외에 하나 더 생겼다는 마음이 들 정도로 기뻤습니다. 이전한 회사에 처음 출근한 날, 점심 대신 프로틴바를 들고 산책로를 걸었던 기억이 납니다. 9월 말이었지만 꽤 뜨거운 날씨였는데, 산책로로 들어서자 서늘하고 차분한 공기가 느껴졌습니다. 그리고 크기를 가

늠할 수조차 없는 나무 사이를 거닐면서 뭐라 형언하기 어려운 자연에 대한 경외심에 빠졌습니다. 자연 앞에서 가질 수밖에 없는, 자신이라는 존재의 보잘것없음을 다시 한 번 뼈저리게 느꼈죠.

'까불지 말고 살자.'

비대한 자아에 빠지지는 않았다고 자신하지만, 그래도 한 발 뒤로 물러나 자신의 크기를 돌아볼 시간을 갖는 건 중요합니다. 1킬로미터 가까운 산책로를 두어 번 걸으며 보는 푸르른 풍경은 하루의 큰 쉼표 같은 역할을 합니다. 커다란 나무가 둘러싸고 있는 길을 지나며 선선한 공기 속에서 새소리를 듣고 있으면 바깥세상과는 다른 곳에 와 있는 기분이 듭니다. 축축한 흙냄새와 나무 냄새에 둘러싸여, 큰 나무를 베어낸 둥치에 앉아 파란 하늘과 어우러진 초록 나무들을 보면서 집에서 싸 온 샌드위치를 먹고 있으면 신발 위로 개미들이 지나가고 어디선가 비둘기 서너 마리가 날아와 주변을 맴돕니다. 예전 같으면 질색했을 테지만, 그들 영역을 침범한 건 저니까 가만히 그들의 참견을 받아들입니다. 이렇게 한 시간을 보내고 회사로 돌아오면 남들은 모르는 비밀이 하나 생긴 기분이 들면서, 턱을 당기고 앉은 자세를 고치게 됩니다.

제가 사는 곳 가까이에는 일본 정원의 아름다움을 한눈에 볼 수 있는 기요스미 정원이 있습니다. 에도 시대에 시작되어 메이지 시대의 스타일을 이어받아 근대적으로 완성한 기요스미 정원은 최근 기요스미 시라카와를 중심으로 주변에 여러 관광 스폿이 생기면서 외국인 관광객들에게도 새롭게 주목받고 있습니다. 단풍이 들 즈음에는 장관을 이룬다는데 저는 아직 봄과 여름에만 가봐서 가을을 기대하고 있습니다.

사실 전 큰 정원이나 규모가 큰 공원보다는 동네의 작은 공원을 좋아합니다.

그래서 즐겨 찾는 곳은 기요스미 정원이 아니라 그 옆에 있는 기요스미 공원입니다. 넓게 트인 풀밭에 키 큰 나무가 꽤 우거진 편이라 동네 주민뿐 아니라 기요스미 정원을 보러 온 사람들도 와서 쉬어 가곤 합니다. 일을 잠시 쉴 때, 집에서 점심을 먹는 대신 맥주와 닭 날개 튀김 등을 사 들고 공원에 가서 먹고 따뜻한 햇볕 아래서 낮잠을 자곤 했습니다. 전에 신주쿠 교엔에서 자리를 깔고 낮잠 자는 사람들을 봤을 때는 멀쩡한 집을 두고 왜 공원에까지 와서 자나 생각했는데 제가 공원에서 자보니 알게 되었습니다. 신기하게도 풀밭에서 담요를 깔고 자면 왜 그렇게 짧은 시간에도 숙면하는지.

지금은 못하지만, 자전거를 타고 여러 동네를 다니면서 그 동네 공원을 찾아보는 것이 저의 즐거움 중 하나였습니다. 별다른 특색이 없어도, 놀이 기구나 벤치, 주의 사항이 적힌 팻말, 그리고 그곳을 이용하는 사람들을 보는 것도 동네 공원이 가진 밋밋하면서 소소한 매력입니다. 자전거를 타고 새로운 동네를 가면 골목길부터 이리저리 돌아다녀보는데, 공원을 발견하면 한 번 쉬어 갑니다. 근처 콘비니에 들러 가리가리군(소다 맛 아이스바)을 사서 벤치에 앉아 먹거나, 운 좋게 동네 도시락 가게를 발견하면 도시락을 사 와서 먹기도 합니다. 맛이 별다르지 않아도, 공원에서 뭔가를 먹으면 소풍 온 것 같은 적당히 즐거운 기분이 들어 종종 공원 벤치에 앉아 도시락을 무릎에 올려놓고 먹곤 했습니다. 아무도 없으면 눈치를 보면서 그네를 타거나, 꼬마들이 좋아하는 동물 모형에 앉아보기도 하면서 나름 혼자서 즐겁게 지내고 집으로 돌아옵니다.

제가 자주 쓰는 표현 중에 '너덜거린다'라는 말이 있습니다.
원래는 어떤 가닥들이 흐트러져 흔들리는 걸 뜻하지만 저는 일 없이 여기저기 다니면서 빈둥거릴 때 쓰곤 합니다. 누가 '오늘 뭐했어?' 물으면 '응, 그냥 종일 너덜거렸어'라고 대답하는 식으로.

저에게는 공원에서 이렇게 너덜거리는 시간이 기분 전환에 큰 도움이 됩니다. 머릿속이 복잡하거나 스트레스를 받을 때 술이나 운동으로 풀기도 하지만, 환한 대낮에 자전거를 타고 슬렁슬렁 돌아다니다 적당히 땀을 흘린 다음 공원에서 이렇게 너덜거리고 집으로 오면, 별로 한 건 없어도 마음에 여유가 생기고 생각을 다시금 정리할 기운이 납니다.

그리고 가끔 저녁이나 밤에 답답하면 근처 공원에 다녀옵니다. 냉장고에서 맥주를 하나 꺼내 갈 때도 있고 그냥 빈손으로 가서 벤치에 한참을 앉아 있다가 올 때도 있습니다. 혼자 사는 집이 뭐가 답답해서 나가냐고 생각할지 모르지만, 벽을 보고 있다는 사실만으로도 갑갑한 마음이 들 때가 있습니다. 그러면 베란다 문을 활짝 열어놓고 그 앞에 앉아 있기도 하고, 그래도 뭔가가 풀리지 않을 때는 서슴없이 신발을 신고 공원으로 나갑니다.

벚꽃 잎이 흩날리는 봄에도, 뜨거운 공기가 가시지 않은 여름에도, 차가운 풀 내음이 가득한 가을에도, 코끝이 시린 겨울에도 가로등 빛만 남은 밤의 공원이 가진 정적에는 묘한 기운이 있습니다. 무슨 말을 해도 다 받아줄 것 같은 그런.

지금 사는 곳에 이사 온 지 한 달이 채 안 되었을 때였습니다. 집 정리를 끝내고 입이 심심해서 맥주를 사러 나갔다가 돌아오는 길에 공원을 들렀는데, 초여름 바람이 너무 좋아 여기서 마시기로 하고 벤치에 앉아 맥주를 한 모금 들이켰습니다. 그때 저쪽 반대편 벤치에 누군가 와서 앉길래 자세히 보니 자그마한 여성분이었고, 그럼 신경 쓸 일 없겠다 싶어 맥주를 계속 마시면서 음악을 들었죠. 잠시 뒤 조금 낯선 소리가 들려 음악을 멈추고 가만히 반대편 벤치를 바라봤습니다. 아까 온 그 사람이 무릎에 얼굴을 파묻고 통곡하듯 울고 있었습니다. 이어폰을 낀 채로 모르는 척하면서 계속 맥주를 마셨습니다. 몇 년 전 공원 벤치에서 울던 때가 생각났고, 절대로 흐를 것 같지 않았던 그 시간이 흘러 이렇게 다른 사람을 보고 그때 일을 떠올릴 정도가 되었구나 싶었습니다. 소리가 나지 않게 조심스레 두 번째 맥주를 땄을 때 울음소리가 잦아들었고, 캔을 반쯤 비웠을 때 그 사람이 일어났습니다. 돌아가나보다 싶었는데 제 앞으로 오길래 놀라서 고쳐 앉았습니다.

　감정을 채 추스르지 못한 목소리로 "방해해서 대단히 죄송합니다"라며 몇 번이나 허리와 무릎을 구부려 가며 사과를 했습니다. 순간 당황해서 신경 쓰지 말라고 대답하고 오히려 괜찮은지 물었는데 그 사람은 "괜찮습니다. 감사합니다"라는 짧은 인사만 하고 돌아갔습니다. 고개를 들지 못하고 슬리퍼를 끌다시피 걸어가는 뒷모습을 보면서, 그때 공원에서 울고 돌아가던 내 뒷모습도 저랬을까 싶었습니다. 누구에게 말할 수도 없었고 누구에게 기댈 수도 없었기에 낯선 동네의 공원을 찾아가 맨 구석에 있는 시소 옆 작은 하마 위에 앉아 울었던. 한참을 울고 나서야 겨우 자리에서 일어나 주변을 둘러보며 공원을 빠져나왔던 그때, 내 뒷모습도 저랬을까… 남은 맥주를 비울 즈음이 되어서야 지난날의 기억도 조금씩 사라졌고 빈 맥주캔을 들고 집으로 돌아왔습니다.

지금도 공원은 자주 가는 편입니다.

일부러 공원을 가로질러 슈퍼에 갈 때도 있고, 비 오는 퇴근길에도 일부러 좀 더 걸어서 공원을 가로질러 옵니다. 비에 젖은 모래의 자박자박 소리가 이어폰 음악 너머로 들려오죠. 가끔은 일부러 공원 벤치에 앉았다가 올 때도 있습니다.

딱히 하는 것은 없습니다.

집에서 마시려고 산 맥주를 마시기도 하고, 음악을 들으면서 멍하게 앉아 있다가 입안에 맴돌던 수백 마디 말을 소리 없이 다 내뱉고 한숨을 길게 내쉰 다음 집으로 돌아오는 거죠. 속내를 다 털어내고 오는 제 뒷모습이 늘 궁금합니다. 아까보다는 조금 나아졌

을까? 그림자는 조금 짧아졌을까?

밤의 공원 같은 친구가 있다면 좋겠다고 생각했습니다.

무슨 말을 해도 아무 말 없이 다 받아줄 것 같은 그런 친구.

07

수제비
: 자존감의 코어

월요일, 회사에서 늦은 점심을 먹고 있는데 친구에게서 졸려 죽겠다는 문자가 왔습니다.

일요일이던 어제 집에서 온종일 잠만 잤는데도 졸려 죽겠다는 친구가, 주말엔 뭘 하고 지냈냐는 상투적인 질문을 하더군요. "나야 뭐 늘 똑같지. 커피 캡슐 사 오고, 원두 로스팅하고, 오후에 빵

반죽을 시작해서 자기 전에 빵 굽고…"라고 답을 했더니, 친구는 질겁을 하며 되물었습니다.

"커피 캡슐을 사면서도 집에서 로스팅을 해?? 왜??"

에스프레소와 드립 커피는 다르니까, 라는 제 대답에 친구가 다시 물었습니다.

"너 혹시 종일 아무것도 안 하고 지낸 적 있어?"

당연하죠. 밥을 해 먹고 온종일 식탁에 앉아 음악만 들은 적도 있는걸요.

"야. 밥을 해 먹었다는 데서 이미 아무것도 안 한 게 아니야…"

친구 말이 맞긴 합니다.

밥을 해 먹는 것이 아무것도 아닌 일은 아닙니다. 뭐가 됐든 만드는 일은 할 때보다 그다음이 귀찮습니다. 식사는 특히 더. '밥을 해 먹는' 것은, 세상에서 제일 귀찮은 설거지까지 해야 하는 일이니, 이런 걸 아무것도 아닌 일의 카테고리로 분류하는 삶이 누군가에게는 좋은 삶일수도 있겠지만, 일반적인 삶인지는 모르겠습니다.

잠이 많은 친구는 제가 낮잠을 잔 적이 거의 없다고 하자 진심으로 믿을 수 없다는 표정을 지었고, 밤에 잘 때 외엔 침대에 눕지 않는 게 너무 신기하고 그것만으로도 부지런의 부스터를 타고났다고 했습니다. 하지만 그건 부스터가 아니라 아버지가 어릴 때부터 '잠이 많으면 빌어먹는다'라고 세뇌한 슬픈 결과일 뿐이고, 솔직히 머릿속에서 도려내고 싶습니다. 식탁에 앉아 꾸벅꾸벅 졸아도 어지간해서는 침대에 눕거나 낮잠을 자지 않습니다. 아마도 심적인 문제 때문인지, 낮잠을 잔 뒤 극심한 두통을 겪는 일이 잦아서 아예 포기했죠. 자고 난 뒤에 기분이 무거워지는 건 두통보다 견디기 힘듭니다. 여전히 낮잠을 잘 자는 사람이 부럽고, 그 시간이 주는 여유로운 기쁨과 개운함을 느껴보지 못하는 것이 아쉽고 슬픕니다.

고백하자면, 언제부터인지 모르지만 아무것도 하지 않는 것에 죄책감을 느낀다는 걸 알게 되었습니다. 이걸 깨달은 순간에는 그런 생각을 고치기 위해 하던 일을 덮어두고 억지로 하지 않기도 했지만, 해야 할 일을 안 해서 생기는 현실의 불편함이 또 다른 스트레스로 쌓이는 말도 안 되는 악순환을 겪었죠. 결국 원점으로 돌아갔고, 마음이 무거워지기 전에 몸을 움직이는 생활을 하고 있습니다.

해야 하는 일을 하지 않아도 '다음에 하면 되지'라고 할 수 있는 여유로운 마음가짐이 일반적이라고 생각합니다. 할 일을 무한히 미루는 게으름이 아니라 지나친 강박에 얽매이지 않는 것입니다. 물론 적당한 강박은 루틴을 이어가는 필수요건이지만, 문제는 이 '적당'의 경계선이 얇고 희미해서 주의 깊게 봐야 한다는 점입니다. 적당히 하는 것이 세상에서 제일 힘들다는 말이 달리 나온 게 아니겠죠. 그리고 그 말은, 자신을 과신하고 하염없이 나태해지거나 반대로 끝까지 밀어붙이다 컨트롤할 수 있는 영역을 넘고 나서야 알게 되는, 아주 값비싼 경험치입니다.

정신력은 고무줄과 같습니다.

늘릴 수 있는 만큼 늘리면 최대한 많이 묶을 수 있지만, 그러다 보면 고무줄이 조금씩 찢어지기 시작하고, 겨우겨우 마지막으로 한 번 더 감아보지만 그러면 건들기만 해도 터져버리는 상태가 되죠. 자신을 강박적으로 옭아매다 보면 어느 날 팽팽하게 묶어둔 고무줄이 터지듯 자신도 터져버립니다. 어떻게 보면 강박은 정신력의 또 다른 모습이기도 합니다. 해야 한다 혹은 하지 않으면 안 된다로 멘탈을 억지로 묶어둔 강박이라는 고무줄이 터져버리면, 그 이전에 존재했던 나라는 사람도 사라져버리는 허무하고 황망한 감정을 겪게 되고 자괴감과 함께 깊은 무기력에 빠집니다. 저도 이걸 알고 싶지 않았습니다.

기억에 남을 만큼 꽤 깊게 무기력에 빠진 시간이 있습니다.

아주 오래전, 저의 '존재적 효용 가치'에 대해 신랄한 비판을 들은 후로 그것을 상쇄하기 위해, 잠자는 것 이외의 모든 일에 능력 이상의 시간과 정신력을 쏟아부은 적이 있었습니다. 저에게 그렇게 말한 사람은 다름 아닌 아버지였습니다. 지금 같으면 그런 말을 듣는 순간 자식에게 막말하지 말라고 대들며 되받아쳤을 듯하지만, 혼자서 뭔가를 해보겠다고 시도와 실패를 거듭하고 있던 그때는 아버지의 말에 큰 충격을 받았습니다. 그래서 더욱 자신을 타이트하게 조이며 끝까지 몰아쳤지만, 기대와 달리 만족할 만한 결과는 나오지 않았고, 그로 인해 '아, 나는 정말로 능력도, 가치도, 심지어 근성도 없는 사람이구나'라는 우울감과 자괴감에 파묻혀 한 달 가까이 침대에서 나오지 못하는 무기력증에 빠졌습니다.

멀리 떨어져 있는 가족에게는 바쁘다고 거짓말을 했고, 친구나 주변 연락은 받지 않고 무조건 다 피했습니다. 아무것도 할 수 없었고 아무것도 하기 싫었습니다. 지금도 기억하는 것은, 마치 천장이 나를 내리누르는 듯한 무서운 중압감입니다. 천장으로부터 조금이라도 멀어지기 위해 침대에 누웠는데 가위에 눌린 것처럼 팔다리를 움직일 수 없었고, 천장을 보기만 해도 숨이 막힐 지경이었습니다. 그 중압감을 피하고 싶어 눈을 감았고 머릿속이 텅 빈 상태에서 그렇게 계속 잠들었습니다. 나중에는 천장이 아닌 침대가 절 감싸고 놔주지 않는 느낌이었습니다. 이불은 물먹은 솜처럼 무거웠고, 몸부림을 치면 칠수록 마치 늪처럼 침대로 점점 더 빠져 들어가는 것 같았습니다. 몸에 점점 힘이 빠지고, 침대를 나가 걸을 수나 있을까 하는 두려움이 생길 정도였죠. 그때 침대에서 기어 나오게 한 것은, 천장의 중압감과 늪 같은 침대보다 저를 더 미치게 만드는 음식물 쓰레기의 악취였습니다.

언제였는지 기억도 없는, 배고파서 끓였던 라면을 두어 젓가락 먹고 그대로 쏟아버린 비닐봉지를 싱크대에 두는 바람에 참기 힘든 악취가 날 정도로 썩어버린 것입니다. 그 냄새로 인해 주변 사람들이 시체가 썩는다고 신고할 것 같아서 대충 챙겨 입고 음식물 쓰레기를 버리러 거의 한 달 만에 집을 나왔습니다.

6월 어느 날, 초여름의 어스름한 해가 질 시간이었고, 음식물 쓰레기를 버리고 나니 아이러니하게도 배가 고파져 그 길로 아파트 상가 식당에 들어가 수제비를 시켜 먹었습니다. 멸치 육수 냄새와 구수한 김 냄새가 나길래 후루룩 먹을 수 있는 뭔가가 떠올라 어떤 고민도 없이 수제비를 주문했던 것 같습니다. 그리고 집으로 돌아와 환기를 시키고 대청소를 했고 그렇게 다시 일상으로 돌아왔습니다. 어떤 극적이고 감동적인 계기가 아닌 음식물 쓰레기 악

취를 견디지 못해 무기력증에서 벗어난 사람이 되었지만, 결과적
으로는 평범한 일상으로의 회귀 본능이 저를 무기력의 지옥에서
끌어내주었습니다.

그날 이후로 각성한 것은 '우회'하는 것입니다.

이 길로 못 가면 딴 길로 돌아가지 뭐. 모로 가도 서울만 가면 되
잖아? 같은 전보다는 가벼운 마음을 갖게 되었고, 마음의 여유는
천천히 사고의 확장으로 이어졌습니다. 이후 일이 순탄히 잘 풀리
며 모든 일에 승승장구하게 된다는 자기계발서 같은 엔딩이면 좋
겠지만, 이 일을 계기로 전과는 전혀 다른 길을 걷기 시작했습니
다. 이때 한 일들이 바탕이 되어 일본에 가서 살겠다고 결심했고,
그것을 현실로 만들어내긴 했습니다.

이렇게 기억에 남을 정도로 처참하고 다시는 겪고 싶지 않은 어
두운 시간이었지만, 결과적으로는 터닝포인트가 되어주었고, 그
로 인해 유의미한 변화를 맞이한 것은 살면서 흔치 않게 만나는,
기대한 적 없는 행운이라고 생각합니다. 나쁜 경험도 결국은 좋은
경험이라는 말을 그다지 좋아하진 않지만, 시간이 흐르고 일상에
대한 코어가 어느 정도 잡힌 것도 나쁜 경험으로 인해 생긴 맷집
이니, 그만큼 힘을 길러준 것은 인정하지 않을 수 없습니다.

힘들고 어두웠던 시간을 발판으로 삼아 앞으로 나가는 것은 결코 쉽지 않습니다.

다시 실패하면 어쩌지, 앞으로 나가지 못하면 어쩌지 같은 걱정과 두려움이 발목을 잡고, 또 상처를 받을까 봐 그대로 움츠러들기도 합니다. 하지만 그렇게 한번 앞으로 나가본 경험이 주는 용기와 자신감은 중요한 코어가 되고 등을 떠밀어주는 파도가 되기도 합니다.

유명한 조언처럼, 피할 수 없는 실패를 즐길 수만 있다면 좋겠지만 우리는 평범한 사람들이고 한 번은 주저앉을 수 밖에 없을 겁니다. 그럴 때 자신이 원했던 평범하고 무던한 일상을 떠올리면서 일어설 수 있었으면 좋겠습니다.

그날의 수제비는 지금도 생각나거든요.

수제비

장마철 쓸쓸한 아침, 외로움에 움츠러든 등을 펴게 해주는 따뜻한 수제비입니다. 시중에서 파는 해물 육수용 가루나 팩을 쓰면 시간을 절약할 수 있습니다.

재료
 ◦ 일반 중력분 밀가루 120g, 밀가루 반죽용 물 50ml(밀가루 양의 약 45%), 소금 1작은술, 육수용 물 700ml 혹은 해물 육수 700ml
 ◦ 오징어나 가리비 등 생선을 제외한 해산물 적당량, 대파 5cm, 김 가루 조금 , 후추 조금, 그 외 고명으로 올릴 청양 고추

요리법
 ① 볼에 밀가루, 소금, 물을 넣고 반죽합니다. 손에 밀가루가 묻어나지 않을 때까지, 10분 정도 하면 표면이 빵처럼

반들반들해집니다. 뜯어 넣을 때 손에 묻지 않아 물을 묻힐
필요 없이 얇게 펼칠 수 있습니다.

② 냄비에 물을 넣고 해물 육수 팩 등을 넣은 뒤 중불로 끓
입니다. 대파는 원하는 스타일로 자르고, 청양고추는 얇게
슬라이스합니다. 해산물이 있다면 흐르는 물에 가볍게 씻
은 뒤 물기를 빼둡니다.

③ 물이 끓으면 육수 팩을 건져내고, 반죽 끝부분부터 양손
엄지와 검지를 이용해 넓게 펴준 다음 적당한 크기로 뜯어

넣습니다. 익으면 위로 뜨기 때문에 넣는 중간중간 냄비 바닥에 붙지 않도록 숟가락으로 잘 저어줍니다.

④ 반죽을 다 뜯어 넣으면 해산물을 넣고 3~5분간 끓입니다. 불을 끈 뒤 후추를 뿌리고 김가루와 파, 고추 등 고명을 올립니다. 함께 넣고 끓이는 것보다 재료의 맛과 향을 깔끔하게 즐길 수 있습니다.

08

빵

: 단단하고 거칠지만, 부드럽고 탄력적인

2020.05.

아침, 별일 없이 잘 살고 있느냐는 친구의 문자에, 별일 없이 그
럭저럭 잘 살고 있다고 답을 했고, 언제나 똑같은 답이 오는 걸 보
니 정말로 별일 없이 잘 사는 것 같아 다행이라는 답을 보낸 친구
와 만담 같은 안부를 주고받았다.

사실, 그럭저럭 잘 살고 있다는 말은 어느새 말버릇이 되었다. 작년 한 해를 평범치 않게 보내서, 이제 가벼운 안부 인사에 양념처럼 들어가는 '별일'은 결코 가벼운 일이 아닌 게 되어버렸다. 한 발 떨어져 바라보면 누구에게나 한 번은 일어날 일을 겪었고, 피할 수 없는 일과 피할 수 있었던 일을 골고루 겪었는데, 다만 그걸 반년 안에 다 겪은 게 좀 많이 힘들었을 뿐이다.

바닥에 흩뿌려진 멘탈과 감정을 겨우 모아 추스르고 새해를 맞은 게 반년 가까이 지났다는 사실은 아직도 믿기지 않을 정도이고, 올해가 이제 반년쯤 남았다는 사실도 아주 놀랍지만, 마음 먹은 것들 중 단 하나도 올해 안에 할 수 없게 된 것은 좀 심하지 않나 싶을 정도다.

'다음에' 혹은 '언젠가는'이라는 단어를 쓸 수 없는 때가 올 거라고는 꿈에서도 생각해보지 않아서 앞으로의 계획을 세우는 것조차 조심스럽다. 시간이 좀 더 지나 코로나로 뒤덮인 상황이 정리되면 지금의 갑갑하고 황당하고 우울한 감정들이 좀 더 명확하고 깔끔하게 정리될 거라고 믿고 싶어서, 시간 많이 드는 일, 손 많이 가는 일을 하면서 하루하루를 최대한 빨리 보내려고 애쓰고 있다. 시간이 빨리 가면 그만큼 후회의 눈물도 흐르겠지만, 마치 앞이 안 보이는 불 꺼진 방에 갇힌 것 같은 지금 상황보다는 낫겠다는 생각이다.

　그래서 요즘 매진하는 일 중 하나가 무반죽으로 치아바타를 만드는 것이다.

　강력분 밀가루, 소금, 이스트. 이 세 재료와 넉넉한 시간만 있으면 누구든 만들 수 있는 무반죽 치아바타는 요즘 나의 주말 루틴이다. 재료를 섞어 러프한 반죽을 만들고 일정 시간 발효시킨 뒤 그 반죽을 늘렸다가 접어주는 폴딩 과정을 4~5차례 해야 하기 때문에 짧아도 4~5시간은 걸린다. 토요일 아침에 시작해도 반나절 이상 밀가루 반죽과 보내게 된다. 그래서 요즘에는 금요일 밤에 폴딩을 시작해 토요일 아침까지 마지막 발효를 하는 식으로 만들고 있다. 덕분에 토요일 아침에는 갓 구운 치아바타를 먹을 수 있게 되었다. 몇 개월 동안 이런저런 시행착오를 겪다 보니 이제 나만의 방법도 생겼고, 완벽하진 않지만 샌드위치를 해 먹을 정도까진 만들어내고 있다. 가정용 오븐이라 한 번에 구울 수 있는 양이 많지 않은 데다 주중 점심으로 샌드위치를 싸 가기 때문에, 토요일 밤에도 빵을 만들고 있고 지금 이 글을 쓰기 전 마지막 폴딩을 마쳤다. 2월부터 자리 잡은 나의 새로운 루틴인 치아바타 만들기 덕분에 생활에 여러 변화가 생겼고, 지금 내 마음에는 자신감과 격정이 동시에 뿌리를 내리고 있다.

먹을 것을 만드는 기술이 하나 더 늘었다는 건 완성도와는 별개로 꽤 든든한 일이다. 제빵을 직업으로 삼는 분들이 보면 어설프기 짝이 없겠지만, 내가 먹어서 맛있다면 충분하다고 생각하고, 모양새 역시 점점 좋아지고 있어서 자신감도 늘고 있다. 그리고 그와 동시에 '집착'이라는 그림자도 함께 커지고 있다. 완성도가 아니라 만드는 것, 즉 빵을 만드는 루틴에 대한 고집이 생겼고 시간이 지날수록 고집은 집착이 돼가는 느낌이다.

최근 3주 동안 슈퍼에 밀가루가 소량이 들어왔다가 바로 품절되는 상황이고, 공급이 원활하지 않아 계속 비정기적으로 입고되는데 원인은 알 수 없다는 직원의 영혼 없는 대답만 듣고 있다. 집 근처뿐 아니라 회사 근처 슈퍼, 심지어 업소용 슈퍼 역시 비슷한 상황이었다. 사둔 밀가루는 동이 났고 지난 2주 동안 빵을 만들지 못했다.

2주. 겨우 두 번 못 만들었지만 '두 번이나' 못 만들었다는 생각이 머릿속을 지배해, 빵을 만드는 루틴을 지킬 수 없다는 불안감이 점점 커지면서 집착이 돼가는 걸 스스로 느낄 지경이다. 지금 아마존 카트에는 전과는 가격이 달라진 밀가루 열 개가 들어 있고 나는 가까스로 결제를 참고 있다. 이걸 결제하는 순간 집착을 인정하는 것이고, 얼마 전에 겪었던 사재기 공포를 다시 느낀다는 것을 알기 때문이다. 무엇보다 가장 큰 불안은 내가 예상조차 할 수 없는 일이 생기는 것이다.

일상에서 루틴을 만드는 이유는, 변함없는 반복에서 오는 안정감을 위해서다. 물론 변화를 좋아하고 즐기지만, 생활을 만들고 구성하는 큰 원칙, 즉 루틴은 나를 버티게 하는 버팀목 같은 존재다. 그동안 여러 일로 인해 많이 기울어진 이 버팀목을 예전처럼 세우려고 애쓰는 중이기에, 겨우 만들어둔 루틴이 조금만 어긋나도 예민해질 수 밖에 없다. 그리고 나는 이런 예민함과 초조함이 너무 싫어서 더 복잡한 기분이 들고 슬퍼진다.

어제 집에 오는 길에 언제나처럼 슈퍼에 들렀더니 밀가루가 딱 한 개 남아 있었고, 나는 운 좋게 뒤에 있던 남자보다 먼저 집을 수 있었다. 그 밀가루를 들고 계산대 앞에 서서 직원에게 재입고를 묻는 남자의 짜증 섞인 목소리를 듣고 있으니, 미안하게도 그제야 마음의 여유가 생기는 기분이었다. 어젯밤, 이걸 폴딩 하는 동안 든 기분은 절대로 잊지 못할 것 같다. 밀가루 1킬로그램으로 얻은

치졸한 쟁취감으로 그동안 들었던 불안감을 지우려고 애를 썼으니까.

그리고 아마존 카트에 담아둔 밀가루 열 개는 삭제했다.

(이 글은 코로나가 시작될 무렵, 마음이 어지러운 시기에 썼습니다.)

2021. 10.

지금도 그렇지만, 저때는 정말 한 치 앞의 상황에 대해 그 무엇도 장담할 수 없었기에 작은 일 하나라도 붙들고 매달려서 평온한 일상의 가면을 쓰려고 애를 썼습니다. 특히 빵 만들기처럼 유형의 결과물을 짧은 시간 내에 볼 수 있는 일은 그만큼 만족감이 컸기에 더 매달렸습니다. 치아바타는 어느새 컨트리 브레드 같은 하드 타입의 사워 브레드가 되었고, 빵 만드는 시간은 더 많아졌습니다. 치아바타와 달리 사워 브레드는 발효 상태나 온도 등에 더 민감했고, 폴딩 역시 더 까다로웠습니다. 아무래도 유튜브나 인터넷 지식을 바탕으로 하다 보니, 원인과 상태를 연결지어 해결하는 데 한계가 있었고 생각과는 다른 결과물이 나왔습니다. 두 달 전부터 조금 더 본격적으로 해보자고 생각하며 발효종을 만들기 시작했다가 시간 부족으로 포기했고, 풀리시(물과 밀가루를 일대일 분량으로 섞은 뒤 드라이 이스트를 극소량 넣어 만드는 간이 발효종)를 이용한 반죽 역시 실패에 가까운 빵이 되어버렸습니다.

그리고 오늘 거의 1년 반 만에 빵을 만들지 않는 금요일을 보내고 있습니다.
뭐랄까, 지난주에 빵을 굽고 난 뒤 어떤 경고음이 들렸기 때문이죠.

저는 한번 꽂힌 일은 원하는 걸 얻을 때까지 밀어붙이는 성격입니다.
원하는 옷이나 신발이 있으면 구할 때까지 웹사이트를 디깅하거나 매장을 돌아다녔습니다. 원하는 맥주를 사기 위해 슈퍼 직원과 수십 번 통화를 하고 결국은 재고가 있는 매장들을 돌아 도쿄 시내에 남은 여덟 병을 다 사는가 하면, 요리 역시 생각했던 그 맛을 낼 때까지 수없이 반복했고, 빵 만드는 일도 그랬습니다. 다른 일은 다 접어두고 꽂힌 일에 신경과 시간을 쏟아부어 원하는 걸 얻은 뒤에야 숨을 고르고 정신을 차립니다. 하지만 얻는 것이 있으면 잃는 것도 생깁니다. 어느 한 곳에 생활의 모든 시간과 관심을 쏟아붓다시피 하다가 정신이 들어 주위를 살펴보면 조금씩 달라진 것들이 보입니다. 가랑비 같은 자잘한 성취감에 젖어 있을 때 어떤 변화는 아주 가느다란 실금처럼 보이지만, 성취감이라는 흥분이 사라진 뒤에는 실금이 아닌 커다란 균열임을 알게 됩니다.

지난달부터 생각과는 다르게 빵이 만들어지는, 즉 잦은 실패가 저를 조금씩 잠식하고 있었고, 지난주 일요일 밤 확실하게 느꼈습니다. 오븐에서 꺼낸 빵을 보자마자 제가 한 말은 "하, 되는 게 하나도 없네"였기 때문이죠. 이게 경고음입니다.

아마존에서 구매한 이스트 문제일 수도 있고, 밀가루 문제일 수도, 폴딩 문제일 수도 있지만, 어느새 '난 뭘 해도 제대로 되는 게 없구나'라는 기저에 깔려 있던 자괴감이 고개를 들기 시작한 것입니다. 초보가 빵을 만들면 실패하는 게 당연한데 너무 깊게 생각하는 거 아니냐고 할 수도 있겠지만, 적어도 제 경험 상으로는 작은 일에서 시작되는 연결을 막지 않으면 나도 모르는 사이에 더 깊은 우물로 빠지는 것이 바로 자괴감입니다.

자괴감이 보이기 시작하면 실패를 멀리해야 합니다. 이게 제가 취할 수 있는 가장 빠른 응급조치입니다. 그래서 당분간 빵 만드는 걸 쉬기로 했습니다. 아마 곧 다시 만들겠지만, 전과는 다른 방법으로 할 것 같습니다. 그동안 조급한 마음에 놓치고 있던 것들을 되짚어보면서, 저의 환경과 상황에 맞는 방법을 찾아 정리해볼 생각입니다. 다시 시작해도 전과 다를 거라는 보장은 없고, 손에 넣을 수 있는 재료와 자료도 전과 크게 다르지 않기 때문에, 어쩌면 전과 같은 빵을 만들어낼지도 모르지만, 지금은 잠시 쉬어야 한다는 것은 잘 알 것 같습니다.

겉은 단단하고 거칠지만 속은 부드럽고 탄력적인 모습을 가져야 할 것은 빵뿐만 아니라 사람도 마찬가지니까요.

09

닭 날개 튀김
: 일격이 가르쳐준 마음가짐

올봄, 도쿄에는 비가 많이 왔습니다.

4월 말부터 흩뿌리는 비가 연일 계속되면서 이른 장마가 시작되었고, 5월 말에 슬그머니 사라지는 듯하더니 6월로 들어오면서 하루가 다르게 더워졌습니다. 일기예보를 확인했더니 본격 장마철인 듯 이틀을 제외하고는 전부 비 소식이 있었습니다.

조금 지겨울 정도로 하는 말이지만, 비 오는 날이나 습한 날을 좋아하는 저로서는, 분위기 잡아서 음악을 들으며 시원한 맥주 한 잔 마실 날들이 많아지겠구나, 하는 생각이 먼저 듭니다. 하지만 지금 술은 2주 넘게 마시지 않고 있습니다. 그리고 언젠가부터 일상을 만들어가는 데에 전과는 조금 다른 무게감을 느끼고 있습니다. 멀리는 작년부터 아침을 챙기기 시작하면서 생긴 변화일 수도 있고, 가까이는 최근에 몰아서 본 살림 관련 책들의 영향이겠지만, 가장 큰 원인은 팬데믹 상황이 아닐까 싶습니다. 그 팬데믹이라는 단어가 낯설지 않은 시간은 이제 2년이 되어가고 그렇게 두 번째 여름을 맞이하고 있습니다. 코로나가 급속도로 확산되던 초기에는 3·11 동북 대지진 때도 느끼지 않았던 위기감을 느끼며, 안절부절, 허둥지둥 같은 단어로밖에 설명할 수 없는 시간을 보냈지만, 조금씩 정신을 차려 아침을 챙겨 먹고 빵도 구우면서 나름 루틴에 가까운 일상을 만들어 자신을 다독였습니다. 그래서인지 어떤 계기나 이유가 있어서가 아니라 그냥 기분 탓인 것 같지만, 올여름은 왠지 어떤 분수령이 될 것 같은 기분이었습니다. 그래서 가장 좋아하는 계절인 여름을 앞두고 지난 시간을 돌아보는 이야기를 하려 합니다.

저는 한참 유행한 '그' 성격 테스트를 별로 좋아하지 않습니다.

예전에는 재미 삼아 몇 번 해봤지만, 지금이라면 단호하게 '하기 싫다'고 말할 것 같습니다. 별로 맞지도 않는 느낌이었고, 무엇보다 질문 자체가 무척 마음에 안 들었습니다. 얼마나 마음에 안 들었는지 테스트 결과를 기억해보려 해도 도저히 생각나지 않습니다. 게다가 데이팅 앱에서 그 테스트 결과로 자기를 소개하는 사람을 본 후로는 더더욱 뒷걸음질 치게 되었죠. 물론 전에도 '자신을 한마디로 표현한다면?' 같은 질문을 받아본 적 있습니다. 예전 같으면 늘 머릿속에 넣어둔 그럴싸한 단어 몇 개를 나열하면서 대답했을지도 모르지만, 지금은 '잘 모르겠다'고 할 것 같습니다.

최근 2~3년 사이에 생각이 많이 변했고 성격도 달라졌습니다.

네. 달라졌다고 할 정도로 예전 성격 같지 않아요.

사람은 변하지 않는다는 말을 입에 달고 살았지만, 여러 일을 겪으면서 스스로도 몰랐던 수많은 모습들이 드러났고, 그 안에 숨어 있는 또 다른 저를 발견했기 때문입니다. 저라는 사람을 정의하는 여러 가지 중에서 그나마 긍정적인 성격은, 처음 맞닥뜨리는 일에 큰 동요가 없는 것입니다. 좋게 말하면 담력이 센 것이고, 뒤집어보면 생각이 짧고 겁이 없는 것 정도 되겠죠.

일단 해보지 뭐. 해보고 할 만하면 앞으로 나가고, 아니다 싶으면 관두면 되고. 안 해보면 모르잖아?

여태 이런 마인드로 살아왔습니다. 덕분에 혹은 때문에 득과 실을 골고루 겪었고, 흔히 말하는 인생의 바다에서 파랑주의보가 끊이질 않았습니다. 그래도 그런 파도를 그럭저럭 잘 탄 덕에 여러 일에 도전해서 적잖은 경험치와 나름 괜찮은 결과도 본 것 같습니다.

도쿄에 살면서 처음 지진을 느꼈을 때는 두려움이나 공포보다 '아, 이게 지진이구나. 정말 일본에 살고 있구나' 같은 감상적인 생각이 먼저 들었습니다. 그러다 3·11 동북 대지진을 겪었습니다. 근무를 하던 중이었는데 여느 때와는 다른 지진의 강도에 처음으로 긴장했고, 코앞에서 무너지는 벽을 보고 그제야 '공포'를 느꼈습니다. 한국의 가족은 귀국을 종용했지만 돌아가지 않았습니다. 견딜 수 있는 만큼 버텨보고 아니다 싶으면 미련 없이 떠나면 된다는 생각이 컸고, 다행히도 큰 사고 없이 시간이 흘러 별일 없이 이후 9년이라는 시간을 보냈습니다.

그리고 작년 초 코로나 때문에 마스크와 휴지 사재기로 시끄러울 때도 저는 크게 동요하지 않았습니다. 자전거를 타고 출퇴근하던 때라 미리 사둔 마스크가 넉넉하게 남아 있기도 했고, 휴지 역시 집보다는 회사에 있는 시간이 많아 별생각이 없었습니다. 그러다 감염자 수가 급격히 늘기 시작하면서 긴급사태 선언과 함께 외출 자제령이 떨어졌습니다. 한창 회사가 바쁠 때였고 주말에는 거의 집에만 있다시피 하던 때라 별로 상관없는 일이라는 마음으로 속보를 자세히 보지 않았죠. 그러다 그날 퇴근 후, 언제나처럼 장을 보기 위해 슈퍼에 갔다가 텅 빈 진열장을 보고 충격을 받았습니다. 주택가가 아닌 회사에서 가까운 업소용 대형 슈퍼였는데도 정육, 생선뿐 아니라 정말 시금치 한 단조차 남아 있지 않았습니다. 대지진 때도 텅 빈 진열대를 본 적이 있지만, 그때와는 완전 다른 위기감에 휩싸였고 이제 어떻게 하지? 하는 생각만 들 뿐 다음 연결이 끊어져 슈퍼 앞에서 한참 서 있었습니다. 큰일이 생기면 그동안 봐온 재난 영화 속 인물처럼 잘 헤쳐나갈 거라는 자신에 대한 믿음이 산산조각 나던 날이었죠.

자전거를 타고 아는 슈퍼란 슈퍼는 다 돌면서 저장 가능한 야채와 냉동식품, 소면, 스파게티, 통조림 등을 자전거에 실을 수 있을 만큼 사서 집으로 돌아왔습니다. 사 온 것들을 정리하고 소분하니 새벽 2시. 찬장과 냉장고뿐 아니라 냉동실도 문이 겨우 닫힐 정도로 꽉 채웠지만, 사야 할 것들을 아직 다 사지 못했고 온라인은 이미 품절 대란이었습니다. 필요한 것들을 구할 수 없을지도 모른다는 불안감 때문에 밤에 잠을 설칠 정도였습니다.

다음 날도 점심을 거르고 회사 근처 슈퍼를 돌았고 퇴근과 동시에 자전거로 슈퍼를 향해 내달렸습니다. 빠른 걸음으로 들어가저 멀리 보이는 정육 코너에 몇 개 안 남은 소고기를 발견하고 한숨 돌리는데, 누군가 옆구리를 장바구니로 치고 지나면서 그 소고기를 싹쓸이했습니다. 부위는 확인했나 싶은 그 사람은 저를 못 본 척했고, 그로 인해 전의를 완전히 상실한 채 빈손으로 슈퍼를 나왔습니다.

집으로 돌아와 프로틴 셰이크를 먹기 위해 냉동실에서 바나나를 꺼내려는데 서랍식 문이 잘 열리지 않았습니다. 어젯밤에 소분해 억지로 욱여넣은 무언가가 얼어서 걸린 것인데 아무리 해도 움직이지 않았습니다. 순간 그동안 참아온 감정의 임계점이 터지면서 있는 힘껏 냉동실 서랍을 잡아 빼자 안에 있던 무언가가 부러져 튀어나와 이마를 정통으로 가격했습니다. 기름기가 많아 그동안 거의 먹지 않았지만 '마지막 남은 닭고기'라는 이유로 사 왔던, 열두 개들이 닭 날개의 끝마디였습니다.

냉동실 문에 끼인 닭 날개를 꺼내 새 지퍼백에 넣고 냉동실을 다시 정리했습니다. 그리고 프로틴 셰이크 대신 맥주를 꺼내 식탁에 앉아 한 모금 들이켰습니다. 그동안의 설움을 앙갚음이라도 하는 듯 닭 날개가 가격한 이마는 빨갛게 부풀어 오를 정도로 아팠고, 슈퍼에서 저를 치고도 모른 척한 무례한 인간에게도 화가 났으며, 제가 제일 싫어하는 '가득 찬 냉동실'이 집에 있다는 것과 '사재기'를 해야 하는 지금 이 모든 상황에 이렇게밖에 대처하지 못하는 자신이 무척 짜증이 나고 낯설어서 슬펐습니다.

이날을 기점으로 어떤 차단기가 내려가면서 조금이나마 평정심을 찾은 듯했습니다. 아마도 이미 사재기를 해놓은 상태였고, 생필품 부족에 위기감을 느낄 정도는 아니어서 그랬을 수 있겠죠. 하지만 그것은 평정심이 아닌 자포자기였습니다. 사실 할 수 있는 게 없었기 때문이죠. 못 사면 어쩔 수 없지. 눈 가리고 아웅이든, 자기 최면이든 평정심을 찾은 것처럼 굴었지만, 두 달 뒤 밀가루 대란에 또 한 번 무너지긴 했습니다. 이렇게 생전 마주한 적이 없는 상황들을 겪으면서, 〈올드보이〉의 오대수처럼 그동안 영화를 보면서 해온 상상 훈련은 아무짝에도 쓸모없음을 알았습니다. 그래도 바닥에 드러누워 요란하게 발버둥 치는 것도 한 번 해봤으니까 앞으로는 절대 그러지 말자는 마음도 생겼죠. 그리고 1년 동안 조금은 단단해진 껍질을 가지게 되었습니다.

저는 흔들리지 않는 마음을 갖는 건 불가능할 것 같습니다.

전에도 말했듯이 예기치 못한 상황이 저를 흔드는 건 피할 수 없으니, 그저 조금만 흔들리고 쓰러지지는 않길 바랄 뿐입니다. 그래도 이제는 발바닥에 힘을 주는 법을 알았고, 무릎도 점차 나아지고 있습니다. 심지가 되는 마음을 만들어 더 깊게 심어두는 방법을, 비바람을 맞고 돌아와도 언제나 쓸 수 있는 깨끗하고 잘 마른 수건을 준비해두려 합니다. 쉽지는 않겠지만 그동안 일상을 되돌아보고 지금과는 다른 세 번째 여름을 맞을 준비를 하고 싶습니다. 그게 어떤 것인지 정확하게는 알 수 없지만, 지금부터 천천히 생각하면서 찾아보려 합니다.

지난 1년 동안 집에서 정말 많은 시간을 보냈습니다.

뭔가를 많이 했다고 생각했는데 아니었습니다. 일상과 루틴이라는 명목으로 늘 같은 것만 해오고 지키려 했죠. 물론 그것조차 쉽지 않았지만, 지금은 조금 더 나아가야 한다는 걸 깨달았습니다. 그래서 할 수 있는 것을 찾아서 더 해보려고 합니다. 팔을 더 벌리지 않으면, 제가 팔을 어디까지 뻗을 수 있는지 알 수 없으니까요.

나고야식 닭 날개 튀김

저에게 일격을 가한 닭 날개에게 조금은 옹졸한 마음으로 복수하는 것은 역시 손이 많이 가는 요리겠죠. 나고야 명물 중 하나인 닭 날개 튀김은 한국의 간장 치킨과 비슷한 맛이라 친숙하고 부담없이 즐길 수 있습니다. 튀김의 장벽은 한 번만 정확하게 넘어보면 다음부터는 쉬워지니까 편하게, 천천히.

재료 ◦ 닭 날개 6~8개, 밀가루 1큰술, 녹말가루 4큰술(가루 재료
는 숟가락 위를 깎은 분량), 깨소금과 후추 적당량

◦ 닭 날개를 재울 간장 소스 재료 : 간장 1/2큰술, 요리용
청주 1/2큰술, 다진 마늘 1작은술, 생강즙 1작은술

◦ 튀긴 닭 날개에 입힐 간장 소스 재료 : 간장 3큰술, 꿀
1큰술

요리법 ① 닭 날개는 핏물을 뺀 뒤 키친타월로 물기를 제거하고 살
이 두꺼운 부분은 세로로 칼집을 넣어줍니다.

② 비닐백 등에 간장 소스 재료와 닭 날개를 넣은 뒤 조물
조물한 다음 30분 정도 재웁니다. 그리고 다른 비닐백에 밀
가루와 녹말가루를 넣어 잘 섞은 후 재워둔 닭 날개를 넣고
가루 옷을 입힙니다. 닭 날개에 입힐 간장 소스 재료를 전
자레인지용 그릇에 넣어 잘 섞고 600W 기준, 1분 30초 가
열한 다음 넓은 볼에 부어둡니다.

③ 속이 깊은 프라이팬에 기름을 2~3cm 정도 붓고 중불로

달궈 온도를 160∼170도 정도로 맞춥니다. 닭 날개를 팬에 넣고 앞뒤를 뒤집어 가며 타지않게 6∼8분 정도 튀깁니다. 두 번 튀길 때는 160도에서 5분, 190∼200도 정도에서 1분간이 적당합니다. 튀긴 닭 날개는 기름기를 빼 2번의 간장 소스 볼에 넣고 섞은 뒤 접시에 담고 깨소금과 후추를 뿌린 다음 맥주 캔을 땁니다.

* 개인적인 팁은 후추를 넉넉하게 뿌리는 것입니다. 향도 좋지만 기분 좋은 후추의 매운 맛이 꿀이 들어간 간장 소스와의 밸런스를 기가 막히게 잡아줍니다.

10

매실청
: 초여름을 맞이하는 자세

지난주에 매실청을 만들었습니다.

3년간 만들어오다가 작년 한 해는 쉬고 올해 만들었으니 횟수로는 네 번째입니다.

5월 말 저녁 자리에 한 지인이 직접 담근 매실주를 들고 왔는데 그걸 마시고 올해는 매실청을 만들기로 결심했습니다. 매실주를 한 모금 마시는 순간, 후각의 기억에 남아 있는 매실의 달콤한 향과 물기를 닦을 때 느껴지던 그 보슬보슬한 촉감이 그대로 떠올랐기 때문이죠. 뭐랄까, 언제나처럼 나만의 매실청을 갖고 싶은 마음.

일본 요리 장인처럼 대단한 고집을 갖고 엄선한 산지에서 꼭지 주변 모양과 손에 쥐어지는 형태, 깨끗하고 균일한 초록을 띤 매실을 하나하나 손으로 고르고, 대나무 침으로 꼭지를 따내고 흐르는 맑은 물에 잘 씻어 깨끗한 마 행주로 하나하나 물기와 잔털을 닦아낸 뒤, 순수 일본산 사탕수수로 만든 얼음 설탕과 함께 유리병에 담고, 하루에 두세 번, 한 달 동안 밀폐 용기를 돌려주며 매실이 고른 색으로 익게 해준 다음 두 달 만에 열어 맛을 보는 정성을 들인다면, '나만의 매실청'이라는 말을 붙일 만하겠지만 저는 그 정도는 아닙니다. 하지만 그 정도는 못 되더라도, 저만의 매실청은 갖고 싶었습니다.

매실을 고를 때는 꽤 신중한 편입니다.
퇴근길에 슈퍼에 들러 매실 판매대 앞에 섭니다. 진열된 상품을 뒤적거린다는 인상을 주기 싫어 놓인 상태로 최대한 살펴본 다음 그중 하나를 고릅니다. 그리고 그 아래 상품을 봅니다. 눈으로

한참을 고르고 골라 두 개를 양손에 든 뒤 이리저리 돌려가며 살펴봅니다. 이렇게 매실 판매대 앞에서 거의 10분 동안 다른 손님들의 손길을 피해 가며 고르고 고른 매실을 들고 옵니다. 특히 올해는 다른 해와 달리 청매실을 샀습니다. 그동안 완숙된 황매실로만 시럽을 만들었기 때문에 이번에는 기분 전환도 할 겸 청매실로 만들어보기로 했습니다.

집에 와서 매실 봉지를 뜯어 볼에 넣습니다.
확실히 황매실보다는 단단한 느낌, 그리고 코를 들이대야 맡을 수 있는 옅은 향. 조금 실망스러웠습니다. 청매실을 처음 사본 터라 이렇게 건조한 기분이 들 줄 몰랐죠. 식탁에 앉아 꼭지를 따면서도 아쉬움을 떨칠 수 없었고, 흐르는 물로 씻으면서도 손에 닿는 느낌과 마른행주로 닦으면서도 매실 향보다 삶아 말린 행주 향이 더 나는 느낌에 슬픈 기분이 들 정도였습니다. 닦은 매실을 깨끗한 테이블 리넨에 펼쳐둔 뒤 방으로 돌아가 잠을 청했습니다. 그리고 다음 날, 거실 가득 퍼져 있을 매실 향을 상상하며 방문을 열었지만, 전혀, 아무 일도 일어나지 않았습니다. 음, 조금 우울해진 토요일 아침…

전날 꺼내둔 4리터짜리 유리병을 끓는 물에 소독한 뒤 잘 말립니다. 작은 병도 따로 준비합니다. 매실 2킬로그램, 얼음 설탕 2킬로그램, 총 4킬로그램지만 언제나 매실과 설탕이 한 주먹 정도 남기 때문이죠.

그리고 이번에는 매실에 칼집을 내기로 했습니다. 인스타그램에서 팔로잉하는 일본 요리 연구가가 짧은 시간 안에 진한 매실청을 원할 때 그렇게 한다기에 저도 따라 해보기로 했습니다.

칼을 잘 씻은 뒤 마른행주로 닦은 다음 매실 허리쯤에 찔러넣고 한 바퀴 돌립니다. 그제야 매실 향이 조금 퍼집니다. 하… 숨을 들이쉬며 그 향을 조금이라도 깊게 느끼려고 합니다. 칼집은 병에 담기 전에 하나하나 넣어줍니다. 미리 내버리면 그 사이로 과즙이 흐르기도 하고 상할 가능성이 높습니다. 귀찮기보다는 이렇게라도 매실 향을 맡는 것이 좋았습니다.

매실 네다섯 개를 넣고 그 위로 얼음 설탕을 깔고, 다시 매실을 넣고 그 위에 설탕을 깔고. 알이 굵은 탓인지 서너 번 만에 병이 가득 찼습니다. 그리고 역시나 한주먹 정도 남은 매실과 설탕은 작은 병에 담습니다.

이렇게 올해 매실청을 만들었습니다. 흰 설탕과 어우러진 청매실이 생각보다 이뻤고 왠지 뿌듯한 기분이 들어 오랜만에 사진도 찍어 SNS에 올렸습니다. 그리고 사흘이 지났습니다.

아… 청매실은 굉장했습니다. 상상하지 못한 방향으로.

칼집 덕에 설탕이 과육에 빨리 스며들었고 설탕이 녹는 속도도 확실히 다른 때와 달랐습니다. 다른 것은 이뿐만이 아니었습니다. 매실 과육이 칼집을 중심으로 홍해처럼 갈라졌고, 갈라진 과육은 여느 때와 달리 엄청 쪼그라들었습니다. 이걸 본 순간 가장 먼저 떠오른 이미지는 팀 버튼의 영화 〈화성침공〉이었고…

그래, 중요한 건 과육의 모양이 아니라 시럽이다, 그리고 그렇게 된 과육은 어쩌면 먹기 더 편할지도 모른다 등등 머릿속으로 긍정 회로를 돌리면서 하루에 한 번씩 상태를 확인했습니다. 그래도 알이 굵은 덕에 과즙이 꽤 많이 나온 듯했습니다. 금요일 밤, 자기 전에 매실 병을 돌려주면서 이제 4주만 더 기다리면 된다는 기대감이 생기는 걸 보니 그 매실의 모양새에 익숙해진 듯했습니다.

어제 밖에서 지인을 만나 평범한 햄버거로 이른 점심을 먹은 뒤, 집에 오는 길에 슈퍼에 들렀습니다. 냉장고에 두 개밖에 남지 않은 두부를 사러 갔는데, 나올 때 제 손에 들린 것은 완숙 황매실

한 봉지였습니다. 두부 코너로 가기 전 옆 코너에 쌓여 있는 황매실을 본 순간 그 앞을 떠나지 못했고 집에서 만들어지고 있는 매실청의 존재는 머릿속에서 깨끗하게 지워졌습니다. 고민할 겨를 없이, 쌓여 있는 매실 중에서 가장 노랗고 가장 탐스럽게 익은 매실을 골랐습니다.

집에 오자마자 옷도 갈아입지 않고 부엌으로 가 바로 매실 봉지를 열었습니다.
순간 가득 퍼지는 매실의 그 향. 바로 이거죠.

꼭지를 딴 매실을 씻어 물기를 뺀 뒤 테이블 리넨에 올리고 베란다 문을 엽니다. 마침 바람이 적당히 불어 그 바람에 매실 향이 실려 집 안에 퍼집니다. 제가 원한 바로 그 향. 매실을 마른행주로 닦을 때마다 향이 났고 매실을 만진 제 손에서도 향이 납니다. 이 향 때문에, 이 기분 때문에 1년을 기다린다는 것을 그제야 알았습니다. 그리고 언제나처럼 황매실로 매실청을 만들고 나서야 저의 매실 살림이 마무리된다는 것도.

매실청을 기다리는 시간이 한 주 더 늘었지만, 전혀 지루하지 않습니다.

그리고 그 한 주 동안의 기다림은 그야말로 꿈 같은 기다림일 것입니다. 분명히.

11

7월의 맥주

: 가학의 즐거움

사랑하는, 도쿄의 여름.

사실, 이 문장을 쓰고 쓴웃음을 지었습니다.

이 글을 쓰는 지금 도쿄는 연일 최고 기온을 갱신하고 있고, 아
침 9시부터 기상청에서 보내는 폭염주의보 문자를 받기 때문입니
다. 아침 6시에 이미 체감온도는 30도에 육박하고 습도는 언제나

60퍼센트를 넘기고 있습니다. 그나마 한참 타들어가는 시간에는 회사에서 에어컨 때문에 차가워진 목덜미와 어깨가 떨고 있지만, 점심때 밖으로 나가면 5분도 안 돼서 등줄기에 흐르는 땀을 느낄 수 있습니다. 사람들의 얼굴은 벌겋게 익어 있고 표정은 '그 누구도 나를 건들지 마라'의 아우라를 뿜고 있죠. 재킷 겨드랑이가 젖을 정도로 땀을 흘리는 영업맨과 그 옆에서 자기보다 더 커 보이는 비즈니스 가방을 든 신입은 연신 손수건으로 얼굴의 땀을 찍어내지만 10차선 도로의, 그늘이라고는 한 점도 없는 횡단보도 신호는 쉽게 바뀌지 않습니다.

해는 아침에 일찍 뜨는 만큼 일찍 지지만, 한낮의 열기로 달궈진 도시는 쉽게 식지 않습니다. 그 때문에 몸속 깊은 곳까지 뜨거워진 상태에서 마시는 차디찬 맥주는 꿀맛이자 독이나 다름없습니다. 퇴근 후 빠른 걸음으로 술집에 가고, 자리에 앉으면서 맥주를 주문합니다. 차가운 물수건으로 손을 식힌 뒤 얼음 같은 맥주병을 쥐자마자 잔에 따라 한 잔을 단숨에 비웁니다. 차가운 맥주가 목을 통해 넘어가는, 탄산이 식도를 긁고 내려가는 느낌은 카타르시스를 느끼게 할 만큼 짜릿해서, 그 느낌이 사라지기 전에 재빨리 다시 잔을 채웁니다. 이렇게 갈증을 한 방에 날려주는 시원함과 탄산의 상쾌함에 빠른 속도로 많은 양을 마시다 보니 금방 취합니다. 맥주의 차가운 온도에 식는 듯하다가도 알코올 기운에 다시 열이 오르고 열대야의 축축하고 높은 기온에 더욱 뜨거워지는 몸. 그렇습니다. 술과 함께 더위를 먹게 되고 다음 날 말로 표현하기 힘든 두통과 온몸으로 멀미를 겪는 것 같은, 두 번 다시 느끼고 싶지 않은 여름 숙취를 경험합니다.

후덥지근한 아침 공기에 눈을 떠보면 타이머를 걸어둔 에어컨과 선풍기는 멈춰 있습니다. 이 사실만으로도 땀인지 눈물인지 알 수 없는 뭔가를 흘리면서 침대에서 일어나게 되고, 냉장고에 있는 시원한 물 한 컵을 한숨에 들이키고 나서야 정신이 들면서 익어서 멈춰버린 게 아닌가 싶었던 머리가 그제야 돌아갑니다. 한숨을 쉬고 팔을 천천히 들어 스트레칭을 합니다. 그저 팔을 들어 뻗었을 뿐인데 상반신엔 이미 땀이 줄줄 흘러내립니다. 미세한 파우더로 땀을 억제하는 바디 시트로 몸을 닦다 이걸로는 감당이 안 될 것 같아서 결국 샤워를 하고 나오지만, 수건으로 몸을 닦는 동안 다시 땀이 흐릅니다.

아침을 먹으려고 냉장고 문을 열어도 선택지는 그다지 많지 않습니다. 절대로 불을 쓰지 않으리라 생각하고 재료들을 살펴보지만 과일이나 토마토 등을 제외하고는 죄다 불로 조리해야 하는 것들입니다. 결국 식빵을 꺼내 오븐 토스터에 넣고 토마토를 씻어 자르고 캡슐 커피를 내리는 것으로 아침 준비를 시작합니다. 내가 먹고 싶은 건 이게 아니야, 라고 읊조리지만, 이마에 맺힌 땀이 목덜미를 타고 내리는 걸 느끼는 순간 모두 내려놓게 됩니다. 이런 아침을 벌써 11년째 맞는 저는 여름을, 특히 도쿄의 여름을 사랑합니다.

여름이라는 계절을 좋아합니다.

여름에 나는 제철 과일을 특히 좋아하고 테라스에서 마시는 아주 차가운 맥주를 즐기지만, 한편으로 여름에만 겪을 수 있는 혹독한 계절감을 좋아하기 때문입니다. 조금 이상해 보이나요?

어렸을 때부터 잔병치레가 잦았습니다. 몸이 약해서 성인이 될 때까지 매해 보약을 챙겨 먹었을 정도였죠. 감기를 달고 살았고 손발이 차서 유독 겨울을 힘들어했는데, 그나마 춥지 않은 것만으로도 여름을 최고의 계절로 여겼습니다. 그러다 어느 날 여름에 땀을 흘리지 않는다는 걸 알았습니다. 그동안 몸이 약하고 찬 편이라 더위를 덜 타는구나 여기며 살아왔는데, 한여름 체육 시간에

운동장을 뛰어도 땀 한 방울 흘리지 않는 저와는 달리 친구들은 얼굴에서 땀이 비 오듯 하고 등이 다 젖을 정도였습니다. 그런 모습이 부럽고 멋져 보이고, 어른스러워 보일 정도였습니다. 그때부터 옷이 젖을 정도로 땀을 흘려보는 게 소원이 되었죠.

하지만 희망과는 상관없이 보송보송한 세월을 보내고 시간이 흘러 대학을 졸업하던 해, 학교에서 무거운 나무를 들다 허리를 다쳐 졸업과 동시에 허리 디스크 수술을 받았습니다. 보름 정도 누워 지낸 그 시기에 어머니가 챙겨준 보약을 고스란히 다 받아 마셨죠. 어머니가 알음알음으로 구해 왔다는 그 보약은 다른 보약과 달리 기름지고 진한 맛 때문에 정말 먹기 힘들었는데, 어머니 정성 덕분인지 그 약이 인생의 전환점이 되었습니다. 그해 겨울부터 추위를 덜 타는 느낌이었고 이듬해 여름에는 드디어 얼굴에서 땀이 흘러내리는 엄청난 경험을 처음 하게 됐습니다. 늘 손이 차갑다며 걱정하던 어머니는 난로 같은 제 손을 잡고는 무척 기뻐했고, 겨울을 내복 없이 나는 제2의 인생을 살게 되었으며, 티셔츠가 땀에 젖는 걸 느끼면서 본격적인 여름 사랑이 시작되었습니다.

앞서도 말했지만, 도쿄의 여름은 정말 습하고 뜨겁습니다.
습식 사우나 같은 느낌이죠. 그래서 싫어하는 사람들이 많지만 저는 그래서 좋아합니다. 여름이라는 것을 온몸으로 느낄 수 있는 게 너무 좋다고 하면 이상한가요?

집에 있을 때는 거의 에어컨을 틀지 않습니다. 스미다 강과 가깝고 그 강을 건너는 6차선 다리가 있어서 큰 차가 많이 다니는 새벽에는 소음 때문에 창문을 닫고 에어컨을 틀어도, 낮에는 창문을 다 열고 선풍기를 틀어 간간이 부는 강바람을 즐기는 편입니다. 열어둔 베란다나 창으로 꽤 시원한 바람이 불기도 하지만, 움직이면서 땀이 나는 것을 적당히 즐기기도 하고, 애써 흘린 땀이 에어컨 바람에 식어서 한기가 느껴지는 걸 싫어합니다.

원래도 좋아했던 여름을 이렇게 좀 더 즐기게 된 건 제가 있는 곳이 도쿄이기 때문이고, 도쿄의 여름을 사랑하게 된 가장 큰 이유는 맥주입니다.

사실 맥주는 계절과 상관없죠.

봄에는 꽃이 피니 마시고, 여름에는 더워서 마시고, 가을에는 여름을 아쉬워하면서 마시다가, 겨울에는 뜨거운 국물에 잘 어울려서 마시는 게 바로 맥주입니다. 하지만 그중에서 여름 맥주는 그냥 맥주가 아닙니다. 얼음이 낀 두꺼운 잔에 가득 찬, 크림 같은 거품이 올라간, 정신이 들 만큼 차가운 맥주를 '사랑'이라고 부르지 않을 재간이 없습니다. 열어둔 베란다로 들어오는 선선한 저녁 바람이 커튼을 흔들 때, 잔에 맥주를 따르는 소리를 듣고 소름이 돋은 적이 있다면 이미 사랑에 빠진 것이죠. 얼음처럼 차가운 맥주가 있다면 안주는 뭐든 상관없습니다. 다시마 육수에 하룻밤 재워 감칠맛을 입힌 가라아게든, 두껍게 잘라 굵은 소금을 뿌려 가며 구워 먹는 목살이든, 야근에 지쳐 겨우 들린 콘비니에서 사 온 새우깡이든.

하지만 살얼음이 낀 잔에 담긴 맥주를 더욱 맛있게 마시는 저만의 비법은 정말로 지칠 때까지 여름을 겪는 것입니다.

한낮에 목덜미가 따가울 정도로 자전거를 타고 돌아다니다 온다든지, 습하고 더운 공기가 가득한 도쿄의 밤을 만끽하며 두 시간을 걸어 퇴근한다든지, 휴일 아침에 행주들을 꺼내 뜨거운 물에 삶은 뒤 손빨래를 하며 티셔츠가 다 젖을 때까지 땀을 흘린다든지 하는 식으로 지독하게 스스로 몰아친 다음 맥주를 마시는 겁니다. 계단을 겨우 올라와 맥주 캔을 딸 힘만 남았지만, 샤워를 하고 나와 샤워 전 냉동실에 넣어둔 맥주를 꺼내는 순간 모든 기운이 재충전됩니다. 이것만으로도 여름을 사랑할 이유는 충분합니다.

열어둔 베란다로 들어오는 조금은 끈적한 바람에 실린 희미한

스미다 강 냄새가 코끝에 느껴집니다. 거기에 샤워 후 뿌린 향수 향과 맥주 향이 함께 섞이면, 여름에만 맡을 수 있는 제가 미치도록 좋아하는 여름 향기가 완성됩니다.

여름의 정점인 8월을 앞두면 설레는 마음이 점점 커지는데 저에게는 이것마저 여름의 즐거움입니다. 매년 7월과 8월이라는 같은 숫자를 마주하지만, 가을과 겨울을 견뎌내고 여름을 맞을 준비로 봄을 보내는 저에게는 해마다 다르게 다가옵니다. 점점 더 지치고 피곤한 모습을 겨우 감추고 웃고 있을지도 모르겠습니다. 하지만 그 웃음은 굉장히 진심일 겁니다. 바람에 실려 오는 여름만의 맥주 향을 떠올리고 있을 테니까요.

이번 여름은 또 어떤 향으로 기억하게 될까요?

12

두부 이야기
: 하루키 선배의 맛

두부를 좋아합니다.

끼니마다 챙겨 먹는 건 아니지만 추억이 담긴 음식 중에 두부가
많은 편이니, 어쩌면 옅은 짝사랑에 빠진 사이라고도 할 수 있을
것 같습니다. 이렇게 좋아하는 것치고 다양한 방식으로 먹지는 않
습니다. 소금을 뿌려서 기름에 부치는 걸 가장 좋아하고, 그다음

은 따뜻하게 데워 소금이나 간단한 간장 양념을 올려 먹는 정도네요. 손이 많이 가서 요즘엔 자주 못 해 먹지만, 녹말가루를 입혀 튀긴 뒤 따뜻한 다시에 담궈 내는 아게다시도후 揚げ出し豆腐도 꽤 좋아합니다. 물론 한국식 두부조림도 좋아하죠. 하지만 그냥 두부, 그 자체를 가장 좋아합니다.

사실 어렸을 때는 두부뿐 아니라 콩 자체를 안 먹었습니다.

콩뿐 아니라 팥도 싫어해서 미역국과 팥밥을 먹어야 하는 생일이 1년 중 가장 싫은 날인 적도 있었습니다. 게다가 두부는 정말 싫어했습니다. 도무지 맛을 알 수가 없었거든요. 밋밋하고 이상한 식감에, 뭔지 모를 두부 맛을 이해할 수 없었던 입 짧은 어린이는, 엄마나 어른들이 맛있고 고소하다며 두부가 담긴 접시를 밀어줄 때마다 도망도 못 가고 울고 싶었습니다. 그나마 엄마가 청양고추를 올려 칼칼하게 만들어준 두부조림은 정말 좋아했습니다. 밍밍하고 알 수 없는 두부 맛을 고춧가루와 청양고추, 그리고 양념 맛이 가려줬기 때문이죠.

좋아하는 음식 개수를 양손으로 셀 수 있던 '애'였다가, 대학에 들어가 술을 마시기 시작하면서 먹을 수 있는 음식이 늘기 시작했습니다. 집에서는 못 먹던 요리들을 반강제로 접하면서 '어? 술이 랑 먹으니까 맛있네?'라고 생각하기 시작했고, 그동안 선입견을 앞세워 밀어두었던 것을 하나둘씩 먹게 되었습니다. 그중 하나가 두부 김치였습니다.

고백하자면, 대학 전까지는 엄마 김치 외에는 김치를 전혀 먹지 않았습니다. 남의 집 김치뿐 아니라 식당 김치도.

어렸을 때 아버지 친구의 집들이에 가족들 다같이 간 적이 있었는데 그 집 김치는 아직도 기억이 납니다. 황새기(황석어)로 담근 김치였습니다. 이미 아버지에게 '음식 가리지 마라, 젓가락으로 반찬 뒤적거리지 마라'라는 경고를 받은 터라 식탁에 올라온 여러 요리와 찬을 보고 잔뜩 긴장했죠. 마침 눈앞에 김치 접시가 있었고, 일단 김치와 밥으로 첫술을 자연스럽게 시작하기로 했습니다. 밥을 한 입 먹고 어른용 쇠젓가락으로 맨 위의 김치 한 조각을 조심스레 들어올렸을 때 그 밑에서 황새기 머리 반쪽을 보고 말았습니다. 굽지 않은 날생선이 김치에 들어 있다는 사실도 충격인데, 그 생선과 눈이 마주쳐 정말 무서웠습니다. 하지만 이미 젓가락으로 집어 든 김치는 내려놓을 수 없어서 조심스레 입안에 넣었습니다. 그리고 느껴지던 생선 비린내. 아마도 편치 않은 표정으로 입에 밥을 물고 굳어버린 애를 봤을 아주머니께서 '밥 말고 이거 먹어'라며 잡채를 따로 덜어주어서 그 고비를 겨우 넘겼습니다. 이후 남의 집 김치는 일절 먹지 않았고 분식집에서 라면을 먹을 때도 김치보다는 단무지를 먹었습니다. 이렇게나 입 짧고 편식 심한 저를, 엄마는 어떻게 키운 거죠?

이런 제가 '하늘 같은 과 선배'와 함께 술을 마신 날, 처음으로 두부 김치를 먹었습니다.

먹고 싶은 걸 시키라는 선배 말에 '전 아무거나 잘 먹으니까 선배님이 알아서 시켜주세요'라는 말도 안 되는 사회성 거짓말을 한 뒤, 아무 양념이 없는 두툼한 두부와 볶은 김치를 마주할 줄이야.

"니 오늘 이거 생각나가 밤에 잠 못 잘 끼다."

젓가락으로 자른 두부 위에 김치를 올려 한 입 먹으면서 선배가 말했습니다.

몸을 틀어 소주 한 잔을 입에 털어 넣고 선배처럼 두부를 반으로 잘라 그 위에 김치를 올려 먹었습니다. 처음에는 시큼하고 뜨끈한 김치 맛이 먼저 와 닿았지만, 입안이 비워져갈 때는 고소함이 남았습니다. 어? 뭐지?

이번에는 김치 없이 남은 두부를 먹었습니다. 어렸을 때 엄마를 따라갔던 방앗간에서 갓 나온 인절미를 먹었을 때 느꼈던 콩고물의 고소함이 떠올랐습니다. 그때 알았죠. 어른들이 말한 두부의 고소함이 바로 이런 맛이라는 것을. 그리고 들기름에 볶아낸 김치 역시 묵직하고 칼칼한 맛이 일품이었습니다. 돼지고기 두루치기로 유명한 집이었지만, 선배는 두부 김치가 예술이라고 했고 그말은 틀리지 않았습니다. 그리고 선배의 예언처럼 그날 자려고 누웠을 때 그 두부 김치가 생각났습니다. 작업할 때 깐깐하기로 소문나 꽤 욕을 먹었던 선배 덕분에 두부 맛에 눈을 떴지만, 깊은 로망을 갖게 한 건 무라카미 하루키였습니다.

두부에 대한 애정과 광기가 담백하게 포장된 하루키의 글이 좋았습니다.

맥주와 두부라니. 그동안 맥주 안주라면 땅콩과 오징어, 골뱅이무침이 전부라고 생각한 저로서는 상상도 못한 조합이었죠. 그래서 저도 두부를 사서 맥주와 마셔보았습니다. 기억이 맞는다면 처음이자 마지막으로 한국에서 두부와 맥주를 곁들인 날일 겁니다. 비릿하고 쌉쌀한 맛만 남긴 아쉬운 추억은 점점 옅어졌고 도쿄로 와서 살면서도 생각나지 않을 정도였습니다. 하지만 사랑의 운명은 어느 날 갑자기 찾아와 제 손가락에 붉은 실을 걸어줍니다.

시모키타자와에서 친구들과 밤새 술을 마시다 첫차를 타고 집에 가려던 날이었습니다.

자주 와본 동네도 아니었고 상점들은 거의 문을 닫은 새벽이라 전철역으로 가는 길도 찾기 쉽지 않았습니다. 지도 앱을 보며 가던 중 어디선가 푸근하고 익숙한 향이 났습니다. 두부 가게였습니다. 50년은 족히 넘었을, 대여섯 걸음으로 끝날 정도로 폭이 좁고 안으로 깊은 가게에는 따뜻하고 고소한 향이 넘쳤고, 문턱에서는 비닐에 싼 갓 나온 두부와 병에 담은 콩물을 팔고 있었습니다. 아주머니 한 분이 두부가 가득 담긴 판을 들고 나오며 반갑게 인사했습니다.

"어서 오세요. 두부 드릴까요?"

네, 이거 한 모 주세요.

아주머니의 질문이 땅에 떨어지기도 전에 저절로 저 말이 나왔습니다. 새벽 5시 반에 180엔짜리 두부를 살 예정은 전혀 없었지만. 봉지를 받고 돌아서자 신기하게도 눈앞에 전철역이 보였고, 따뜻한 두부를 손에 들고 무사히 전철을 탔습니다. 그리고 너무나도 자연스럽게 집 앞 편의점에 들러 맥주를 한 캔 사 왔습니다.

온기 없는 텅 빈 집에 들어와 손만 씻고 아직 따뜻한 두부를 비닐에서 꺼냈습니다. 손바닥만 한 두부를 도마에 올려놓고 한참을 바라봤습니다. 어떻게 잘라 먹을까, 아니 자르지 말까? 고민하다 6등분으로 잘라 접시에 담았습니다. 맥주잔을 채운 뒤 한 모금 마시고 두부를 한 조각 먹었습니다.

맥주의 뒷맛을 완성하는 고소하고 부드러운, 그리고 마음이 편해지는 따뜻함. 그동안 글로만 동경해왔던 장면을 떠올리며, 나도 그와 같은 모습이 되었다는, 그 맛을 알게 되었다는 기분. 옅은 성취감. 다시 맥주를 마시고 두부를 먹습니다. 숨을 쉴 때마다 두부의 고소한 향이 얼굴을 휘감는 기분. 밤새 술을 마신 탁한 분위기를 잊게 하는 그런 기분.

아침 7시, 그렇게 다시 사랑에 빠진 두부와 함께 즐겁게 맥주를 마셨던 초여름 어느 날이었습니다.

방울토마토 두부 샐러드

갖은양념을 한 두부가 지겨울 때, 칼로리도 낮아서 가벼운 샐러드로, 혹은 맥주 한 캔과 간단하게 먹을 수 있는 두부 샐러드입니다. 두부의 물기를 빼는 동안 냉동실에 넣어둔 맥주와 시원하게 잘 어울리는 여름 요리입니다.

재료　　　◦ 연두부 한 모(일반 두부 작은 사이즈도 가능합니다), 껍질을
　　　　　깐 풋콩 1큰술, 마른미역 1작은술, 방울토마토 4개 정도,
　　　　　샐러드용 야채
　　　　◦ 간장 소스 재료 : 간장 1큰술, 참기름 1큰술, 식초 2작은술

요리법　　① 두부는 먹기 좋은 크기로 잘라 키친타월 등에 올려 물기
　　　　를 뺍니다. 연두부가 아닌 일반 두부는 10분 정도 올려둡
　　　　니다.

　　　　② 간장 소스 재료는 섞어 소스용 그릇에 담아둡니다. 샐러
　　　　드용 야채는 씻어서 물기를 빼두고 마른미역은 물에 불린
　　　　뒤 물기를 뺍니다.

　　　　③ 풋콩은 소금 한 꼬집을 넣은 끓는 물에 약 2분간 삶은 뒤
　　　　물기를 빼고, 방울토마토는 꼭지를 따 흐르는 물에 씻고 물
　　　　기를 제거해 이등분합니다. 여기까지 하면 두부에서 물기
　　　　가 충분히 빠져 있습니다.

④ 그릇에 야채와 미역, 두부, 방울토마토, 콩을 담은 뒤 2번의 간장 소스를 끼얹습니다.

* 간장과 참기름 대신 올리브오일과 발사믹, 미역 대신 생바질을 넣으면 이탈리안 스타일로 즐길 수 있습니다.

13

삿포로 큰 병으로!

: 슬플 땐 맥주 앞으로

삿포로, 큰 병으로! (サッポロ、大瓶で!)

오늘 퇴근길에 신바시 술집 앞을 지나면서 저도 모르게 입 밖으로 내뱉은 말입니다.

제가 가장 좋아하는 삿포로 라거 병맥주. 술집에 가면 가장 많이 하는 말이 아닐까 싶습니다. 이제는 저 말을 마지막으로 해본

게 언제인지조차 가물가물하지만, 오늘처럼 사람들이 붐비는 술집 앞을 지날 때는 파블로프의 개처럼 저절로 떠오르고, 극심한 갈증을 느끼며 입안에 고인 침을 삼킵니다. 횡단보도 신호를 기다리는 동안 등 뒤에서 넘어오는 사람들의 소음과 닭 꼬치 굽는 냄새가 비현실적으로 느껴졌고, '과연 언제쯤 저런 분위기를 다시 즐길 수 있을까'에 대한 현실적인 기약이 없다는 사실도 슬펐습니다. 마셔야죠. 슬플 땐 기분 좋게 마셔야죠.

안녕하세요! (こんばんは!)

길가 쪽 화로에서 닭 꼬치를 굽는 주인 영감님과 눈이 마주치자 인사를 드렸습니다. 걸걸하고 큰 목소리로 "여어! 오랜만!"이라면서 오른손을 들어 반갑게 맞아줍니다. 열려 있는 문으로 노렌을 걷고 들어가자 낯익은 직원 아주머니가 "어서 오세요! 혼자? 카운터석으로!"라며 물수건을 챙깁니다. 카운터석에 앉으니 물수건과 메뉴판, 오토시를 놓아줍니다.

"삿포로, 큰 병? 맞죠?"

네! 맞습니다!

자주 왔다고 얼굴과 주종을 기억해주는 고마운 분.

오늘의 오토시는 잘게 썬 표고버섯과 유부, 당근, 톳나물, 무말랭이가 들어간 야채 니모노煮物(일본식 조림 요리의 통칭)입니다. 재료들을 채 썰어 기름에 가볍게 볶은 뒤 다시, 간장, 미린 등을 넣어 삶듯이 마무리한 기본 찬인데, 이곳은 독특하게 늘 톳나물이 들어가 있습니다. 처음엔 심심한 듯하지만 먹다 보면 짭조름한 맛이 쌓여 술잔에 손이 갑니다. 비닐에 포장된 물수건은 언제나 비닐을 세게 쥐어 뽁! 소리가 나게 터트린 다음 윗부분을 뜯어 꺼냅니다. 손을 닦고 있으니 아주머니가 맥주와 컵을 내려놓습니다.

"주문하시겠어요?"

아, 세 가지 회 모둠이랑 초무침, 네기마ねぎま(닭고기 가슴이나 다리 살 사이사이에 대파를 넣고 구운 꼬치. 구운 대파의 감칠맛이 일품), 닭 날개, 껍질 두 개씩 주세요. 전부 소금 양념으로.

메뉴판을 안 봐도 자연스레 입에서 나오는 익숙한 메뉴들.

병을 들어 잔에 맥주를 따릅니다. 천천히⋯ 천천히⋯ 반쯤 따랐을 때 병을 조금 올려 나머지 절반을 거품으로 채웁니다. 딱 두 모금에 끝나는 10센티미터가 채 안 되는 잔에 맥주 반, 거품 반. 황금빛 가득한 잔에서 코끝으로 옅게 퍼지는 맥주 향. 잔을 들어 한 모금 마십니다. 부드러운 거품이 입술에 닿자 차가운 맥주가 입안으로 넘어옵니다. 혀가 차가움을 느낄 새도 없이 맥주 한 모금이 목으로 넘어가자마자 메아리처럼 몸속 깊은 곳에서 외마디 탄성이 터집니다.

하아~!

그리고 곧이어 다시 잔을 듭니다. 차가움이 식을까 목을 열어 잔에 남은 맥주를 털어 넣습니다.

젓가락을 들어 오토시를 한 입 먹고 다시 병을 들어 맥주를 따릅니다. 맥주 한 모금 그리고 다시 오토시 한 입, 그런 다음 가게 안을 둘러봅니다.

주택가의 상가 골목에 술집이 있다 보니 저녁 시간에는 아이들을 동반한 가족 단위 손님들도 적잖기 때문에 남자 손님들의 술주정이나 어른들의 상스러운 대화는 전혀 들리지 않는, 그래서 좋아하는 곳입니다. 아이 둘과 함께 나베와 가라아게를 먹는 젊은 엄마, 벽에 반쯤 기대 TV를 보면서 소주 됫병을 놓고 먹고 마시는 아버지와 젊은 아들. 카운터석에는 제 양옆으로 아저씨 두 명. 일본의 동네 선술집에서 어렵지 않게 만날 수 있는 문고본을 읽는 아저씨 모습은 언제 봐도 여전히 신기합니다.

2층을 오가는 직원들의 주문을 엿듣고 있을 때 마침 제가 주문한 초무침이 나왔습니다. 문어, 오이, 미역 그리고 그 위에는 제가 좋아하는 채 썬 생강. 다 비운 오토시 접시를 뒤로 밀고 초무침을 앞에 놓습니다. 문어, 오이, 미역 위에 생강을 올려 먹습니다. 다시와 식초 향이 입맛을 돋우면서 차갑고 신선한 문어와 미역의 바다 맛이 뒤따라옵니다. 그럼 입안에 맥주로 파도를 만들어줘야죠.

맥주잔을 비우는 동안 회가 나왔습니다.

오늘은 참치, 도미, 가다랑어네요.

맥주를 한 모금 마시고 제일 먼저 도미 한 점을 초무침에 올려진 채 썬 생강과 함께 먹습니다. 두툼하고 쫄깃한 도미 살 사이로 생강이 씹히면서 향이 입안에 퍼집니다. 하… 바로 비어 있는 맥주잔을 채웁니다. 참치는 무순과 함께 와사비를 풀지 않은 간장에 가볍게 찍어 먹습니다. 무순의 작고 귀여운 매운맛이 나름 힘을 내서 참치 맛을 상큼하게 만들기 때문에 굳이 와사비는 곁들이지 않습니다. 가다랑어에는 간 생강을 올려 먹는데, 이렇게 하면 가다랑어 특유의 묵직함과 고소함 뒤로 오는 생강즙이 입안을 깔끔하게 만들어줍니다. 이렇게 맥주 한 병이 비워집니다. 빈 병을 들어 아주머니와 눈을 맞추면 "응!"하며 새 맥주를 갖다줍니다.

새 맥주로 잔을 채우고 회가 한 점씩 남았을 때, 닭 꼬치가 나옵니다.

서서 마시는 술집에서는 그냥 꼬치째로 먹지만, 지금처럼 좁은 카운터 좌석에서는 옆 사람에게 방해될 수도 있고 원치 않는 사고도 날 수 있기에 전부 접시에 빼서 먹습니다. 하지만 파와 닭고기를 번갈아 끼워 구워낸 네기마는 조금 다릅니다. 뜨거울 때 한 입에 먹어야 하기 때문이죠. 꼬치 접시와 회 접시를 다시 가지런히 놓고 맥주를 한 잔 들이킨 다음, 네기마를 집어 들고 접시 구석에 뿌려둔 시치미(고추를 주 재료로 일곱 가지 향신료를 섞은 일본의 조미료 시치미토가라시七味唐辛子를 줄여서 부르는 말)를 아주 살짝 찍어 한 입 먹습니다. 깨문 이 사이로 뜨거운 파의 속이 미끄러져 나오자 숯불 향을 머금은 단맛이 입안에 퍼지고 짭조름한 닭고기 육즙과 섞이면서 '바로 이 맛이지!'가 귀에 울립니다. 그리고 젓가락으로 꼬치에 남은 파와 닭고기를 앞으로 밀어 다시 입으로 가져갑니다. 이렇게 네기마 한 꼬치를 먹고 나서야 맥주잔을 다시 채웁니다. 그리고 역시 뜨거울 때 바로 먹어야 맛있는 닭 껍질 꼬치를 접시에 재빨리 빼냅니다. 마치 아코디언처럼 접혀 있는 닭 껍질은 회 접시에 남아 있는 간 생강을 얹어 먹습니다.

바사삭!

어금니를 통해 귀로 전해지는 닭 껍질 부서지는 쫄깃하고 고소한 소리, 그리고 생강 향. 눈물 없는 울음을 삼키면서 젓가락은 다음 닭 껍질 위에 생강을 올리고 있습니다.

날개 살을 펼쳐 꼬치에 끼워 구워낸 닭 날개 구이는 가로질러 있는 날개 뼈를 먼저 빼줍니다. 그런 다음 꼬치에서 빼면 한입에 먹을 수 있기 때문이죠. 네기마에서 파 하나를 빼내 펼쳐진 날개 살 가운데에 올린 뒤 젓가락으로 감싸 시치미를 살짝 찍어 먹습니다. 날개 살의 부드럽고 고소한 지방과 파의 조화로움을 굳이 설명할 필요가 있을까요?

젓가락과 술잔을 바쁘게 움직이며 닭 꼬치구이를 비웠을 때 새로운 메뉴가 떠올라 손을 들고 아주머니와 눈을 맞춥니다. 빈 접시들을 챙겨드리며 주문을 합니다.

전갱이 회 부탁합니다! 그리고 맥주 한 병도!

남은 맥주를 잔에 따르며 회 접시를 앞으로 당깁니다. 가다랑어 한 점, 참치 한 점으로 맥주 반 잔을 비우고, 도미 회 한 점으로 나머지 반 잔을 비웁니다.

633밀리리터짜리 맥주 두 병과 초무침, 회 아홉 점, 꼬치구이 여섯 개를 먹고 나니 배는 부르지 않아도, 술기운이 적당한 여유로

움으로 포장된 알딸딸함을 만들어주었고, 일주일 내내 목을 조르고 있던 긴장 줄도 어디론가 사라졌습니다. 눈앞에 보이는 주방의 유리 진열장 뒤로 바쁘게 움직이는 조리사의 모습을 보면서 술집에 가득한 공기를 천천히 더듬어봅니다.

희미한 해산물 냄새, 달달한 간장 냄새, 술 냄새 그리고 숯불에 구워내는 고기 향과 더불어 희미한 담배 연기가 깔린 조금은 축축하고 가라앉은 공기. 술집이 가지고 있는 이런 분위기조차 맛있는 술안주 같습니다.

이런 생각에 잠겨 천천히 잔을 비우고 있을 때 새 맥주와 함께 전갱이 회가 나왔습니다.

회를 떠내고 남은 부분까지 장식처럼 접시에 함께 놓여 있습니다. 기름기가 많은 생선이라 간 생강과 만능 파가 곁들여집니다. 이 메뉴를 안 좋아할 수가 없죠. 새 맥주를 잔에 가득 채우고 은빛 껍질을 두른 전갱이 회 두 점에 생강과 파를 올려 한입에 먹습니다. 탄탄한 육질 사이사이에서 존재감을 드러내는 생강과 파도 최고지만, 씹으면 씹을수록 고소함이 전해지는 전갱이 맛은 집에 돌아가 양치를 할 때도 생각날 정도입니다. 그렇게 다시 전갱이와 생강, 파를 준비합니다. 그리고 맥주병을 들어 남은 양을 체크합니다. 아직 중요한 게 남았거든요.

주변을 슬쩍 살피고, 허리를 조금 세워 주방 안을 들여다봅니다. 마침 손님도 조금 빠진 상태고 주방에선 두 분이 잡담을 나누고 있네요. 친한 아주머니를 찾아 애써 눈을 맞추니 미소를 지으며 필요한 게 있는지 묻습니다.

저기, 죄송하지만 이거 구워주실 수 있을까요? 하며 전갱이 뼈만 남은 접시를 내밉니다.

"아? 전갱이 호네센베? 응응, 괜찮아요."

회를 뜬 전갱이 뼈에는 살이 조금 남아 있고, 일본에선 머리를 자른 이런 몸통을 튀겨서 먹는데, 이걸 호네센베骨せんべい라고 합니다. 술집에서는 단골이 요청할 때 소금구이로 내주어서, 구운 살을 발라 먹으면 꽤 맛있습니다. 뼈 두께만큼 붙은 살이 구워지면서 기름기가 빠지고 불 맛과 소금 맛만 남아, 두툼한 쥐포를 먹는 느낌이랄까요? 기다리는 동안 남은 전갱이 회를 먹으면서 맥주를 아껴 마시기 시작합니다. 바로 앞 주방에서 전갱이 굽는 향이 넘어오자 광대가 올라가는 것이 느껴졌습니다. 안주를 기다리면서 웃는 게 쑥스러워 맥주잔으로 얼굴을 가립니다.

드디어 갈색으로 잘 구워진 먹음직한 호네센베가 나왔습니다.

잔에 맥주를 채우고 한 모금 마신 뒤 뼈 위쪽에 붙은 살을 젓가락으로 조금 들어 올리면 마치 북어처럼 쭈욱 뜯어집니다. 젓가락으로 두 번 접어 바로 입에 넣습니다. 그동안 이곳에 부지런히 와서 단골이 되길 잘했다는 생각이 절로 듭니다. 만족감에 치솟은 광대를 겨우 진정시키고 마지막 살과 함께 남은 맥주를 깨끗하게 비웠습니다.

계산을 하면서 호네센베를 구워줘서 감사하다는 말을 한 번 더 하고 가게를 나옵니다.

잘 먹었습니다! (ごちそうさまでした!)

가게를 나오니 골목의 시원한 바람이 한 시간 동안 뜨겁게 들떴던 마음을 식혀 차분하게 가라앉혀줍니다. 그렇게 밤바람을 맞으며 횡단보도를 건너면서 2년의 시간을 지나 천천히 현실로 돌아옵니다.

전생의 기억 같지만, 그날 그곳의 맛과 향은 지금 이 글을 쓰듯이 생생하게 남아 있습니다.

가게에는 8월 말이 되면 영업을 재개한다는 안내문만 붙어 있을 뿐, 영감님이 연기에 가려 안 보일 정도로 닭 꼬치를 구워내던 창가 화로에는 숯불의 흔적조차 보이지 않았습니다. 불확실한 현실에 잘려 나가는 추억을 간신히 붙들어보지만, 그 추억을 예전처럼 다시 만들게 될 거라는 확신은 어디서도 찾을 수 없는 사실이 제일 슬픕니다.

하지만 시간은 흐르고 추억은 곧 새로 만들게 되겠죠. 그리고 오늘 떠올린 저 추억은 점점 옅어지겠죠.

제가 누군가의 추억에서 사라지는 것처럼.

바지락 미역 파 무침

집에서 맥주를 마시다 안주가 떨어지거나 정말 피곤해서 뭔가를 할
기운조차 남아 있지 않을 때 종종 해 먹는 초간단 안주인 바지락 미
역 파 무침입니다. 슈퍼 등에서 쉽게 구할 수 있는 냉동 자숙 바지락
을 사두는 걸 추천합니다. 이것만 있으면 밥부터 부침개까지 두루
만들어 먹을 수 있습니다.

재료 ∘ 냉동 자숙 바지락 살 80g, 대파 5cm, 참기름 1큰술, 간장
1큰술, 식초 1/2큰술(폰즈가 있다면 간장과 식초 대신 1큰술)
∘ 마른미역 1/2큰술, 청양고추 1개, 잘게 찢은 조미김 8절
짜리 1팩, 깨소금 조금

요리법 ① 냄비에 물을 500ml 정도 붓고 끓입니다. 대파와 고추는 잘
게 다집니다.

② 물이 끓으면 마른미역을 넣고 1분간 끓인 뒤 채망으로 건져냅니다. 냉동 바지락도 끓는 물에 30초 정도 넣었다 건져냅니다. 이미 삶은 것이라 끓는 물에 넣었다 빼는 정도면 바로 먹을 수 있습니다.

③ 미역과 바지락을 볼에 담고 준비한 양념과 재료를 넣어 잘 버무린 뒤 그릇에 담아 깨를 뿌리면 완성입니다.

14

계절에 대한 단상
: 그냥과 일상

누구나 그렇겠지만, 저는 계절을 많이 타는 편입니다.

계절이 바뀌고 공기가 달라지면 그에 따라 기분이 많이 좌우됩니다. 코끝에서 차가운 공기가 느껴지면 갑자기 어깨가 처지고 발이 무거워지다, 들숨에 짙은 초록 향이 돌면 곧 여름이 온다는 걸 알게 됩니다. 그게 바로 요즘입니다. 가장 좋아하는 계절인 여름

분위기가 공기에서 느껴지면 옷장을 정리합니다. 그동안 챙기지 못한 티셔츠가 있을까 봐 긴팔을 접어둔 서랍을 다시 정리하고, 찬 공기 때문에 제일 아래 두었던 데님을 찾아내 새로 접어 맨 위로 올립니다. 이렇게 사소한 의식을 치르고 나면 여름을 좀 더 간절히 기다리게 됩니다.

그런데 올해 여름은 조금 다른 기분입니다.

옷장 정리도 했고 큰 화분을 옮기면서 방 구조도 바꿨지만, 침잠한 기분이 명치에서 걸린 듯 묵직함이 가시질 않습니다. 원인을 모르지는 않지만, 어떻게 해결해야 할지 고민만 거듭하고 있기 때문일 겁니다.

아침에 눈을 떠서 밤에 침대에 누워 잠들 때까지, 회사에서 일하는 시간을 제외하고 집에서의 모든 일은 살림과 연결되어 있습니다. 화장실에서 쓸 휴지가 떨어지지 않게 챙겨두거나 언제든 시원한 물을 마실 수 있도록 냉장고에 준비해두는 가벼운 일부터, 출근할 때 입을 옷을 세탁해 미리 준비해두는 것이나 늦은 퇴근 후 간단하게나마 한술 떠먹고 잘 수 있도록 밥과 찬을 준비하는 것이 바로 살림입니다. 이렇게 하루를 지내고 한 달을 보내고 1년이 흐르고, 이런 시간이 쌓여서 세월이 만들어집니다. 그렇게 '살림'은 1인 생활자인 저의 정체성이 되었습니다.

정체성은 오랜 시간 동안 일관되게 유지하는 고유한 모습으로, 자신만의 주관적 경험을 바탕으로 스스로를 규명하는 것입니다. 성장 과정에서 만들어지기도 하고 사회에서의 경험 등으로 만들어지기도 하는데, 이 경험이라는 것은 타인과의 상호작용으로 얻어지는 부분도 있고, 누군가의 경험을 따라 하면서 나에게 맞는 것을 찾아갈 수도 있습니다. 그런 경험이 점점 쌓여서 자신만의 방식이 만들어지는 것입니다.

이런 정체성을 바탕으로 제 일상은 크고 작은 루틴의 조합으로 이루어져 있습니다. 루틴을 만들거나 유지하는 건 굉장히 귀찮고 피곤하지만, 이미 생활은 그것들로 구성되어 있어서 어느 하나라도 게을리했다가는 더 귀찮은 일이 생길 수도 있기 때문에 지키지 않을 수 없습니다. 힘들게 만들고 지켜온 시간이 아까워서 더욱 그 룰을 지키려 하는데, 옆에서 보면 '참 피곤하게 산다'라는 말이 절로 나오겠다는 생각이 들기도 합니다. 대체 왜 그렇게 빡빡하게 살림을 하고 사는지, 어차피 혼자 사는데 적당히 하지라는 말을 수도 없이 들어왔습니다. 가끔은 전날 장을 봐 온 음식 재료를 꺼

내 조리하고 소분해서 냉장고에 넣은 뒤 시계를 보면 퇴근 후 부엌에서 세 시간 동안이나 서 있었다는 것을 깨닫기도 해서, '이렇게까지 해야 하나' 싶을 때도 있지만, 이내 다시 요리에 열중하게 됩니다.

일상日常의 사전적 의미는 '날마다 반복되는 생활'입니다.

가끔 쳇바퀴 같은 일상이라는 표현을 쓰죠. 같은 일들이 반복되고 특별한 것 없이 조금은 지루한 생활을 말합니다. 아침에 눈을 떠서 이런저런 준비를 하고 출근해서 하루의 절반 가까이 일을 한 뒤 퇴근해서 집으로 돌아와 역시 이런저런 것들을 하다가 잠자리에 듭니다. 보통 직장인들은 이런 생활을 한 달 중 24일 정도 하고, 이런 한 달로 1년을 채웁니다. 상상만 해도 지루한가요? 하지만 저는 이런 쳇바퀴 같은 일상을 좋아합니다. 아끼고 사랑하죠.

평상시 생활인 '일상'을 지켜가는 것은 적잖은 정신적 노동입니다.

일상을 만들어나가는 것만큼이나 지키고 유지하는 것은, 몸을 움직이는 것만큼이나 정신적으로도 꽤 노동입니다. 노동이라 표현할 때부터 이미 '힘들다'는 전제가 깔려 있지만, 힘든 것은 사실입니다. 몸을 움직이기 위해서는 의식하고 있어야 하듯이, 반복적이고 지속적인 습관으로 만들기 위해서는 해야 할 일들을 늘 의식하고 있어야 합니다. 마치 『부자들의 습관』, 『성공한 사람들의 습관』 같은 자기계발서에 나올 법한 얘기지만, 좋은 습관은 좋은 생활을 만들어내고 결국은 그 생활들이 삶의 시간을 만들게 됩니다. 약속 시간을 어기지 않는 습관, 다 먹은 과자 봉지를 바로 쓰레기통에 버리는 등 작고 사소한 습관부터, 가계부를 쓰거나 수입의 일정 부분을 저축하는 습관 등은 올바른 생활 방식과 경제적 여유라는 결과로 남습니다.

여기까지는 주변에서 숱하게 봐온 '올바르게 사는 법'의 예시이고 누구나 잘 아는 지극히 교과서적인 이야기입니다. 사실 이런 것들은 굳이 책을 보지 않아도, 누가 이야기해주지 않아도 다 아는데 왜 우리는 이렇게 살지 않거나 살지 못할까요? 현실적인 한계 때문일 수도 있고, 아니면 정말 몰라서일 수도 있겠죠. 하지만 대부분은 알면서도 하지 않기 때문이라고 생각합니다. 그러면 왜 알면서도 하지 않는 걸까요? 이 질문에 대한 무수한 답은 어느 정도 예상 가능하고, 아마도 그중 가장 많은 답은 '그냥'이 아닐까 싶습니다.

그냥 안 하는 거죠.

그냥 안 한다는 대답에 왜? 라고 되물어도 답은 역시 '그냥'입니다. 장담해도 될지 모르겠지만, 세상 모든 의문을 한순간에 무력화하는 블랙홀 같은 말이 '그냥'일 겁니다. 그리고 이 '그냥'과 아주 잘 어울리는 단어가 있습니다. '귀찮아서.' 해야 할 것들이 있지만 곧장 하지 않는 이유가 바로 '그냥 귀찮아서'입니다.

일을 미루는 프로세스는 의외로 단순합니다.

해야 할 일을 두고 이걸 하지 않으면 어떤 일이 생기는지 생각해보고, 언제든 할 수 있는 일이거나 당장 하지 않아도 아무 일 없을 것 같으면 미루게 됩니다. 언제든 마음만 먹으면 할 수 있다는 생각에 '그냥 귀찮아서'가 붙어버리면 언제 할지도 계획하지 않게 됩니다. 이렇게 사소한 생각으로 시작되는 것이 먹은 자리에 그대로 두는 과자 봉지와 한 끼 이상 미뤄두는 설거지입니다. 과자를 다 먹고 빈 봉지는 나중에 청소할 때 같이 치울 거라고, 배고파서 부엌에 나왔는데 점심때 먹은 그릇들이 놓여 있는 싱크대를 보면서 좀 있다 저녁 먹은 것과 같이 씻을 거라고 생각한다면 이미 중요한 일들도 충분히 미루고 있을 것입니다. 가끔 탄력이 붙어 미루던 일들을 한꺼번에 해치운 경험이 있다면 더더욱 미루게 됩니다. 나는 할 수 있다는 자기 응원 구호에 '언제든'이 붙고, 벼락치기로 운 좋게 해낸 경험을 자신의 능력치로 과신하게 됩니다. 경험이 사람을 나태하게 만드는 거죠. 저처럼 이런 사이클을 한번 겪은 사람은 자신도 모르는 사이에 몸에 배어버린 미루는 습관을 고치는 것이 꽤 힘들지도 모르겠습니다.

그래도 가끔은 팔짱을 끼고 짝다리로 서서 '그냥'의 나태함을 즐기고 싶은 충동이 들기도 합니다.

이상하게 올해는 유독 그렇네요. '그냥!'이라는 한마디로 모든 일을 퉁치고 빡빡한 현실은 모두 등 뒤로 몰아둔 채, 튜브 위에 누워 선선한 바람을 쐬며 뻔뻔하게 게으름을 만끽하고 싶은 것이죠.

결국은 해가 지면 다시 제자리로 돌아와 맥주를 마신 컵을 정리해야겠지만.

15

싱글 라이프
: 나만의 증명

올해로 도쿄에 산 지 11년이 되었습니다.

어쩌다 남의 나라에서 긴 세월을 만들게 되었는지 저도 신기하
게 생각합니다. 언제나 제일 먼저 나오는 답은 '어쩌다 보니'가 되
겠지만, 그래도 다시 돌아보며 조금은 깊이 생각해볼 때가 있습니
다. 왜 도쿄를 좋아하게 되었는지 곰곰이 생각하면서 처음 사랑에

빠진 그때를 떠올려봅니다. 그리고 아이러니하게도 그 생각의 끝은 언제쯤 이곳을 떠날까로 이어집니다.

일본에 빠지게 된 여러 계기가 있지만 처음부터 지금까지 사랑하는 모습은 개인주의입니다.

주변인들의 지나친 간섭과 예의 없는 관심에 휘둘려본 적이 있다면 냉정할 만큼 서늘한 일본의 개인주의를 선호할 수밖에 없을 겁니다. 여자인지 남자인지, 왜 머리가 짧은지, 왜 그런 옷을 입었는지. 뒤돌아서서 한 번 더 보거나 나중에 친구들과 흉을 볼지언정, 면전에 대고 묻지 않는 것만으로도 여기 살 이유가 충분할 정도입니다. 지나친 개인주의와 체면을 중시하는 분위기로 발생하는 사회 문제도 많지만, 그런 겉치레라도 할 줄 아는 게 차라리 낫다는 마음도 들곤 합니다.

그리고 이런 개인주의는 이들만의 독특한 문화를 만들어내기도 하는데 그중 가장 좋아하는 것이 외식 문화입니다. 혼자서 먹고 마시는 것이 전혀 이상하지 않죠. 요즘은 한국에서도 혼자 먹고 마시는 문화가 점점 자연스러워지고 있다니 다행이지만, 아직도 '끈끈한 집단 문화'를 미덕으로 여기는 사회 분위기는 쉽게 바뀔 거라 기대하지 않습니다.

하지만 일본도 적잖은 변화를 겪고 있습니다. 11년 동안 살면서 일본의 흥망성쇠를 다 겪었다고 해도 결코 과장이 아닙니다. 동일본 대지진을 시작으로 재해에 대처하는 모습에 감동하기도 했지만, 정치는 그야말로 바닥으로 곤두박질쳤고, 경제는 안개 속처럼 점점 앞이 보이지 않게 되었습니다. 코로나로 인해 행정은 바닥을 드러냈고, 그나마 기대했던 올림픽은 수개월 만에 기억에서 사라지면서 관련된 수많은 비리 역시 밑바닥으로 가라앉았습니다. 이곳에 살면서 어쩔 수 없이 마주하고 겪게 되는 현실을 생각하면 예전에 동경했던 일본의 모습들이 떠올라 마음 한구석이 답답해집니다.

일본은 싱글 라이프가 사회의 기본 모듈이 된 곳입니다.

그러다 보니 한국보다는 편하게 혼자만의 식사와 혼자만의 음주를 즐기게 되었습니다. 도쿄에 살기 전에는 서울에 혼자 살면서 혼자 영화를 보고 혼자 식사와 술을 즐겼고, SNS에서 고수 등급으로 치는 '혼자 고깃집에서 고기 먹기'도 해봤습니다. 이런 이야기를 하면 사람들은 왜 혼자 가느냐, 혼자는 심심하고 외롭고 남들 보기에… 물론 한 명은 자리가 없다고 입장을 거부당한 적도 있고, 고깃집에서 혼자 2인분 이상 먹을 수 있다고 직원을 설득하거

나 술집에서 혼자 술을 마실 때 빈자리가 없으면 눈치껏 일어나야
하는 게 불편하긴 했죠. 하지만 이런 것들이 제가 즐길 혼자만의
시간을 포기하게 만들진 못했습니다.

"어서 오세요!"

꼬치구이 연기가 가득한 가게 문을 열고 들어가서 달려 나와 인
사하는 직원에게 검지를 들어 보입니다. 혼자라는 표시죠. 직원이
자리를 준비해서 안내를 받을 때까지 문 앞에서 기다립니다.

"오래 기다리셨습니다. 이쪽으로 오세요."

안내해주는 자리에 앉으면 직원이 따뜻한 물수건과 메뉴판을
준비해주고 오늘의 추천 메뉴들이 적힌 종이를 잘 보이게 메뉴판
앞에 꽂아줍니다. 일단 시원한 병맥주를 주문하고 천천히 메뉴를
보기 시작합니다. 옆 테이블에선 뭘 먹는지 둘러보고 좋아하는 요
리가 있는지 꼼꼼히 살핀 다음 가까이 있는 직원에게 원하는 메뉴
를 이야기하고 맥주를 마시기 시작합니다.

전 이때가 가장 좋습니다.

시원한 맥주를 마시면서 주문한 안주를 기다리는 그 시간.

뭘 먹을지 상의할 필요가 없고, 어제 뭘 먹었는데 오늘 또 먹어

야 할지 고민할 필요도 없으며, 무엇보다 아침에 일어나 지금 이 자리에 앉아 맥주를 한 모금 마시기 직전까지의 일들을 천천히 돌아볼 시간이 있다는 것이 혼자 술을 마시는 가장 큰 이유입니다. 오늘 있었던 일에 대해 생각할 수도 있고, 엉뚱하게 전 연인의 기억이 떠오를 수도 있겠죠. 이런저런 생각에 한숨을 쉬다 보면 맥주잔은 비어 있고 다시 잔을 채우면 주문한 안주가 앞에 놓입니다.

저는 혼자서 먹고 마시는 자신에게 연민을 가진 적이 없습니다. 혼자 먹는다고 좁고 구석진 공간을 찾은 적도, 다른 사람의 시선이 불편해 칸막이가 있는 식당으로 간 적도 없고, 주위 시선에 주눅 든 적은 더더욱 없죠. 외톨이라서 혹은 고독한 감상에 젖어 외로움을 감추기 위해, 아니면 같이 갈 사람이 없어서 혼자 가는 것이 아니라, 나만을 위한 시간을 가진다고 생각하기 때문입니다. 외롭다기보다는 즐기는 시간이라고 생각하죠. 좋아하는 사람과 함께 좋은 기억을 나누는 것도 행복하지만, 나만이 느낄 수 있는 기분, 생각 등을 있는 그대로 간직하는 것도 중요합니다. 작은 술집이든, 조금은 촌스러운 식당이든, 트렌디한 화려한 바든, 길에 서서 마시는 술집이든, 가보고 싶었던 곳에서 자기 취향대로 먹고 싶은 요리를 주문하고 마시고 싶은 만큼 마시고 돌아오는 것. 퇴근 후 슈퍼에 들러 장을 보고 집으로 돌아와 혼자 요리해서 밥을 먹고 술을 마시는 것. 그런 과정의 즐거움, 나를 위해 뭔가를 한다는 작은 뿌듯함, 하루하루를 열심히 살아가고 있다는 자기 응원이 저를 더욱 '잘 살아가는' 사람으로 만들어줍니다. 저를 이렇게 살게 해준 곳이 바로 '일본'이기 때문에 지금 느끼는 애증이 더욱 안타깝습니다.

애써 좋은 기억을 떠올려봐야 할 정도로 애정이 식었지만, 그래도 좀 더 잘해보려고 합니다.

조금 더 살펴보고, 새롭고 좋은 모습들을 더 보고 마음에 담아두려 합니다. 그래야 후회하지 않을 것 같습니다.

네기마와 야채 꼬치구이

이자카야에서 숯불에 구워주는 정도는 아니지만, 기분도 내고 맛있게 먹을 수 있는 꼬치구이는 역시 네기마입니다. 닭 허벅지 살의 적당한 기름기와 파의 단맛을 함께 즐길 수 있어서 아주 좋은 술안주가 됩니다. 여기에 좋아하는 야채들도 준비해서 함께 즐기는 것도 추천합니다.

재료
- 닭 꼬치 재료(4개 분량) : 닭 허벅지 살 100g, 대파 흰 부분 반 개, 산적용 꼬치(길이 15cm 정도), 소금 적당량
- 야채 꼬치 재료 : 팽이버섯을 제외한 버섯, 꽈리고추, 아스파라거스 등 좋아하는 야채 뭐든지
- 소스 구이용 간장 소스 재료 : 간장, 미린 각 180ml, 황설탕 50g

요리법   ① 흐르는 물에 씻은 닭고기는 키친타월로 물기를 제거한 뒤 불필요한 지방을 가위 등으로 잘라냅니다. 폭은 일정하게 적당한 길이로 자르고, 두꺼운 부분에는 칼집을 넣습니다. 파는 닭고기와 같은 폭으로 자릅니다.

② 닭고기, 파 순으로 끼우되, 고기를 파의 두께에 맞추면 굽기도 편하고 골고루 잘 익습니다. 잘라냈던 닭 껍질을 사이에 끼우면 파가 좀 더 맛있어집니다. 꼬치 양 끝은 고기로 해야 파가 빠지지 않습니다. 아스파라거스는 닭 꼬치와

비슷한 너비로 자르거나 취향에 맞게 3~4등분으로 잘라 끼웁니다. 야채 종류에 따라 잘라도 되고 그대로 써도 됩니다. 이럴 때는 꼬치를 두 개 끼워 야채가 돌아가거나 빠지지 않게 합니다.

③ 꼬치가 들어갈 크기의 팬을 중불에 달군 뒤 기름을 둘렀다가 키친타월로 가볍게 닦아내고 굽습니다. 소금구이로 할 때는 꼬치 앞뒤로 소금을 넉넉하게 뿌립니다. 팬에 여유가 있으면 야채도 같이 굽습니다. 소스 구이를 할 때는 미리 냄비에 간장 소스 재료를 넣고 중불로 가열하다 끓어오르면 불을 끄고 그대로 식혀둡니다. 그런 다음 꼬치를 다 굽고 불을 끈 뒤 팬에 붓고 꼬치를 앞뒤로 뒤집어 소스를 묻혀 가며 졸여서 접시에 담습니다.

16

생선 구이

: 후회의 맛

회사에서 팀 스케줄을 정리하면서 7월도 중순이 지났다는 것에 놀라면서도—시간이 빠르다는 말은 이제 지겨울 정도지만—그 와중에 시간이 빨리 가길 바랐던 때도 있었다는 기가 막힌 사실 또 한 깨달았습니다. 그리고 한 달 뒤면 저의 아침 식사가 1년이 됩니다. 체감으로는 한 3년 된 것 같은데 이제 겨우 1년이라니. 이걸 확

인하기 위해 피드를 찾아보다 한 가지 재미난 사실을 알았습니다.

  그동안 저의 아침 식사를 보신 분들에게 칭찬만큼 질문도 많이 받았는데 그중 하나가 생선 구이에 대한 것이었습니다. 적잖은 분들이 어떻게 굽는지, 굽고 난 뒤에 냄새는 어떻게 처리하는지 궁금해했습니다. 인스타에도 몇 번 답을 했지만 여기서 조금 더 길게 설명해보겠습니다. 저는 가스레인지에 있는 직화 그릴을 씁니다. 생선 구이를 즐기는 식문화 덕에 일본 가정에서 제일 많이 쓰는 가스레인지는 한국에서는 '구형'으로 분류되는, 생선 구이용 그릴이 있는 모델입니다. 그릴 도어에 플레이트가 붙어 있고 그 위에 스테인리스 석쇠가 올라간 형태로, 과열 방지를 위해 플레이트에 물을 부어 사용합니다. 그래서 청소는 번거로워도, 과열뿐 아니라 적당한 수분으로 구이가 지나치게 마르는 것도 방지해줍니다. 직화 형태라 기름기 많은 생선을 구우면 냄새와 더불어 기름 튀는 소리도 꽤 나지만, 바삭하게 구워진 방어 가마살 구이는 그릴 청소 따위는 머릿속에서 가뿐하게 지워버릴 맛이기 때문에 적잖은 불편을 감수하며 사용하고 있습니다.

  제가 좋아하는 고등어는 흔하고 평범하지만, 구이의 매력을 잘 느낄 수 있는 생선입니다.

랩에 싸서 냉동실에 넣어두었다가 자기 전에 냉장실로 옮겨놓으면 아침에 바로 조리할 수 있고, 조금 이른 가벼운 낮술 안주로도 훌륭합니다.

좋아하는 맥주잔을 가볍게 씻어 냉동실에 넣고, 냉장실에 있는 고등어를 꺼냅니다. 흐르는 물에 잘 씻은 뒤 키친타월로 물기를 닦아낸 다음, 기름기가 잘 빠지고 속까지 잘 구워지도록 등 쪽으로 가지런하게 칼집을 넣습니다. 세로로 촘촘하게, 머리부터 꼬리까지 소금을 뿌려 그릴에 넣습니다. 불은 중불로 해줍니다. 5분쯤 지나면 가스레인지 후드에 있는 그릴 배기구에서 익숙한 냄새와 함께 기름 튀는 소리가 나기 시작합니다. '퍽!' 하는 소리를 내며 불꽃이 튀기도 합니다. 그렇게 그릴 안이 격전장이 될수록 냄새는 점점 더 진해지고 고등어는 점점 더 맛있어집니다. 두어 번 그릴을 열어 구워진 정도를 확인하는데, 등껍질 끄트머리 살이 말려 올라가고 껍질 절반이 짙은 갈색으로 변하면 불을 끕니다. 그런 뒤에도 고등어 몸에 남은 잔열 때문에 등에 잔뜩 올라온 기름기가 칼집 사이에서 여전히 끓어오릅니다. 준비해둔 접시에 시소 잎을 깔고 그 위에 구운 고등어를 올립니다. 간 무와 간장 대신 제가 가장 좋아하는 조합인, 얇게 썬 레몬과 초절임한 오이와 연근 서너 장을 곁들입니다.

식탁에 앉아 젓가락을 들기 전에, 고등어와 오이, 연근에 레몬을 골고루 뿌립니다. 얼음 잔에 차가운 맥주를 채워 한 모금 들이킨 뒤, 젓가락을 들어 고등어 머리부터 꼬리까지 가운데를 가르고 윗부분 살점을 두툼하게 집어 한 입 먹습니다. 짭조름한 소금 맛이 느껴지자마자 상큼한 레몬 향과 직화 불 맛을 머금은 고등어의 쫄깃하면서도 묵직한, 촉촉하고 기름진 고소함이 입안에 퍼집니다. 고등어를 가득 물고 맥주를 마시는 짓은 절대 하지 않습니다. 고등어의 고소함도 맥주 맛도 망치고 싶지 않으니까요. 입안의 고등어를 넘긴 뒤에야 초절임한 오이나 연근을 한 입 베어 물고 맥주를 다시 한 모금 마십니다. 그리고 젓가락은 또다시 고등어로 향합니다.

원래는 생선 구이를 그다지 즐기지 않았습니다.

특히 한국에 살 때는 지금처럼 아침에 생선을 구워 먹는 건 상상도 못했습니다. 요리를 즐길 때도 아니었고 특히 집에서 생선 냄새가 나는 걸 참을 수 없었거든요. 서울에 살 때 엄마가 가끔 병원 정기검진을 위해 다녀가면서 식사를 챙겨주었는데, 그때마다 아침엔 언제나 생선을 구웠습니다. 기름 냄새와 생선 굽는 냄새를 맡으면서 일어나는 게 너무 싫어서 짜증이 머리끝까지 났죠. 익숙하지 않은 부엌 구조 탓에 환풍기를 켜지 않아 냄새뿐 아니라 연기가 자욱할 때도 있었습니다.

생선 안 먹으니까 가져오지 마시라고 했잖아요. 무겁게 그걸 뭐하러 갖고 오세요. 환풍기 스위치를 켜면서 짜증을 겨우 누르고 이렇게 말한 적이 한두 번이 아닌데 엄마는 그때마다 대답했습니다.

"니 생선 안 무니까 무라고 갖고 온다 아이가. 생선 무라. 몸에 좋다."

엄마는 생선을 좋아했습니다. 그중에서 구이를 제일 좋아했던 것 같습니다.

죄송하게도 엄마가 어떤 생선을 제일 좋아했는지는 모르지만, 엄마가 차려주던 식탁에는 언제나 생선 구이가 있었습니다. 갈치, 고등어, 조기, 전갱이 등. 그래서 엄마가 일본에 왔을 때는 식사마다 생선을 구웠습니다. 그리고 처음으로 도미 밥을 해드렸습니다. 자연산 도미를 사서 비늘과 내장 손질까지 다 제 손으로 했습니다. 제가 부엌에서 요리하는 모습을 처음 본 엄마는, 도미 반을 회치듯 떠내고, 머리를 세로로 잘라 반으로 쪼개 펼치는 모습을 보고 꽤 놀랐습니다.

"니 우째 이런 걸 다 할 줄 아노? 니 혹시… 식당에서 일하는 거 아이가?"

도미는 반으로 잘라 흐르는 물에 가볍게 씻은 뒤 뼈 주위 핏물을 키친타월로 깨끗하게 닦아냅니다. 가시를 발라낸 부분은 두꺼운 곳에 칼집을 내고 소금을 뿌린 뒤 그릴에 굽습니다. 이때 도나베(도자기로 만든 냄비)로 밥을 짓기 시작합니다. 불은 중불로 합니다. 가쓰오부시와 다시마로 깔끔하게 낸 육수에 간장, 미린으로 간을 한 밥물이 끓기 시작하면 적당히 구워진 도미를 올립니다. 남은 도미와 머리는 그릴에 소금을 뿌려 굽습니다. 그렇게 도미를 밥에 올린 뒤 5분 정도 기다립니다. 밥물이 자작해지면 뚜껑을 덮고 젖은 행주로 뚜껑 주변을 감싼 다음 약한 불로 10분쯤 두었다가 불을 끄고 뜸을 들입니다. 밥이 다 되면 잘게 채 썬 생강과 파를 올리고 도미는 섞지 않은 채 나베를 식탁에 올립니다. 그리고 그릴에 있는 소금구이도 접시에 담아 레몬 슬라이스를 곁들여 냅니다.

생선을 먹지 않던 '아'에게서 처음 대접받는 도미 밥 식탁에 대한 놀라움과 진짜 식당에서 일하는 게 아닌가 하는 우려가 섞인 엄마의 표정.

"니 우째 이런 걸…"을 연발하며 스마트폰으로 식탁 모습과 도미 밥을 쪄어 한국의 식구들과 지인들에게 전송한 뒤에야 제가 담아드린 도미 밥을 한술 떴습니다.

"…그냥 도미 구우 갖고 밥이랑 묵는 긴데… 그리 손 마이 가믄서 이런 걸 했노. 내는 이거 파이네. 구운 기 낫다."

상냥한 말투와 목소리로 조곤조곤 할 말은 다 하는 엄마.

엄마 그러실까 봐 내가 도미구이도 준비했잖아요. 좋아하시는 머리도 따로 구웠고.

구이에 레몬을 뿌린 뒤 간장 종지와 앞접시를 따로 챙겨드리니 아니나 다를까 도미 눈 밑의 살부터 드셨습니다. 그제야 웃으셨죠.

"야야, 간이 딱 맞다."

다음 도미 밥은 좀 더 맛있게 해드리겠다는 말과 공항에서 배웅할 때 '다음에 오시면'이라는 말에 환하게 웃던 엄마. 전 결국 거짓말쟁이가 되었습니다.

"더 이상 할 수 있는 게 없습니다."

드라마나 영화에서 이 말을 들었다면 아마 식상한 클리셰라고 혹평을 했겠지만, 현실에선 그럴 수가 없었습니다. 췌장암 수술을 앞둔 엄마를 보러 한국에 갔을 때 드라마 대사 같은 저 말을 부정하고 싶었지만, 엄마는 이미 기억과는 다른 모습으로 힘겨운 시간을 보내고 있었습니다. 실감이 안 난다 같은 감상에 젖을 틈도 없었습니다. 두 달 가까이 도쿄와 부산을 오가며 엄마의 힘든 시간을 함께했고, 간 수치에 차도가 있다는 말에 안심하며 도쿄로 돌아온 사흘 후, 엄마의 마지막 음성을 회사 계단에서 들어야 했습니다. 그동안 간병하면서 엄마 앞에서 한 번도 운 적이 없었는데 그때는 정말 참을 수가 없었습니다.

처음으로 울면서 부탁했습니다. 내가 갈 때까지 기다려달라고. 제 부탁이라면 뭐든 들어줬던 엄마는 밤새 버텨주었고, 다음 날, 마지막으로 저를 보고 눈을 감았습니다.

100일이 채 되지 않지만, 제 평생과 맞바꿔 다시 돌아가고 싶은 시간입니다. 그동안 못했던 것을 조금이라도 더 해드리고 싶었지만, 엄마에겐 너무 늦었습니다. 10여 년 만에 죽음을 앞두고서야 막내를 가까이 둔 엄마는 '매일 보니까 좋다' 하며 웃었고 그 웃음과 함께 천천히 힘겹게 시간을 잃어가던 모습은 제 마음속에 큰 닻으로 가라앉았습니다.

영안실에서 나와 비현실적으로 차가워진 엄마의 얼굴을 붙들고 춥게 해드려 죄송하다고 했죠.

죄송한 게 그뿐일까… 그제야…

결국 두 번째 도미 밥은 돌아가신 후 생신 제사에 올렸습니다.

좀 더 맛있게 해보려고 신경 써서 만들었는데 처음 드셨을 때보다 입에 맞았길 바랄 뿐입니다. 일본에 살고 있으니 일본식대로 먹고 살자는 생각에 시작한 생선 구이는 이제 엄마가 차리던 식탁만큼 자연스럽게 제 식탁에 올라옵니다. 엄마는 제가 이제 생선 잘 챙겨 먹는다고 기뻐했죠. 지금도 기뻐했으면 좋겠습니다.

아침에 생선을 구울 때마다, 그걸 먹을 때마다, 그리고 창문을 다 열고 집을 나설 때마다, 코끝에 남은 희미한 생선 구이 냄새는 의식의 한 부분을 어딘가에 묶어놓습니다. 시간에 쫓겨 움직이는 동안 잠시 잊고 있어도 묶여 있는 무게감은 쉽사리 사라지지 않습니다. 한숨을 쉬고 그제야 밀려오는 것을 인정하고 받아들입니다. 한 번씩 깊은 곳에서 올라오는 후회와 죄책감이 뒤섞인 감정은 목구멍을 뜨겁게 하고 코끝을 자극하지만 언제나 함께 따라오는, 할 수 있는 게 아무것도 없다는 차가운 현실이 등을 서늘하게 합니다.

언제쯤이면 '그때 그러지 말걸'을 떨칠 수 있을까요?

2022. 12. 03.

어제 제사를 지냈습니다.

원래 엄마 기일은 12월 1일이고, 이번이 세 번째 기제사입니다.

그동안 기제사 날에는 월차를 내고 음식을 장만했지만, 이번에는 촬영이 겹치는 바람에 도저히 그럴 수가 없어서 결국 당일이 아니라 토요일인 어제 제사를 지냈습니다.

아침에 일어나 세탁기를 돌리고 집 청소를 한 뒤 장 보러 나갔다 돌아온 게 오후 3시. 늘 하던 것만 준비했지만 어제는 고기 핏물 빼는 시간을 전보다 길게 잡은 탓에 시작이 많이 늦었습니다. 지난번에 육전을 부칠 때는 덜 빠진 핏물이 스며나와 팬에 눌어붙었습니다. 이번에는 키친타월 반 통을 써서 다진 고기를 눌러 핏물을 빼고, 육전용 소고기 역시 물을 계속 갈아주며 한 시간 가까이 핏물을 빼줬습니다. 그런 다음 소금을 넉넉히 뿌리고 30분 재운 다음 양념했습니다. 큰집이었던 덕에 어릴 때부터 제사상을 자연스럽게 접했습니다. 엄마 옆에 서서 전 부치는 걸 도왔고 커가면서 양념하는 것도 곧잘 거들었습니다. 전 부칠 때 팬에 눌어붙은 달걀 물이나 핏물을 닦느라 키친타월을 많이 쓴다고 잔소리 들었던 기억이 납니다. 그 버릇 어디 갈까요.

엄마 상을 처음 차린 건 가신 다음 해 추석이었습니다.

평생 지겹도록 드셨을 차례상을 차리기 싫었지만 그래도 관습을 따라야 하니까. 인터넷을 뒤져서 제사상 레시피를 확인하고 장 볼 것들을 정리했는데, 그동안 엄마와 함께 제사용 장을 봐온 터라 어렵지 않았습니다. 야근을 마치고 장을 봐서 집에 온 시간이 밤 11시. 사 온 재료를 그대로 내려놓고 제일 먼저 네스프레소로 에스프레소를 두 잔 빼서 들이켰습니다.

음식을 장만하는 동안 식탁 위 아이패드에 엄마 사진을 띄워놓았습니다. 완자 육전은 하나하나 무게를 재서 만들었고, 꼬치 산적은 길이를 맞추고, 횟감용 도미로 포를 떠 도미전을 만들었습니다. 새벽 동트는 모습도 보면서. 꼬박 밤을 새우고 다 만든 게 아침 8시. 씻고 나와서 옷 갈아입고 상을 차려 차례를 지낸 기억.

부산의 가족들에게 차례상 사진을 찍어 보내고 전화를 걸어 이제 인사드린다고 하니 아버지가 '혼자 애썼다. 엄마 좋아하시겠다'고 해서 그렇게 힘들 수가 없었습니다. 만들 땐 잘 버텼는데, 절을 하면서 정말 많이 울었습니다.

이렇게 긴 시간과 정성을 들여 드리는 상이, 가신 뒤에 올리는 제사상이라니.

3일 전 엄마 기일 날.

아버지가 전화 통화에서 조카들 집에 오는 시간 맞추느라 늦게 제사를 지낸다고 하며 '엄마가 그 시간에 가셨다'고 하는데, 그 말을 듣자마자 엄마의 마지막 모습이 떠올라 길에서 그냥 울음이 터졌습니다. 그동안 엄마 이야기를 할 때 감정을 드러낸 적이 거의 없었는데 그렇게 소리 내서 우는 모습에 아버지는 많이 놀란 듯했죠.

인사드리고 엄마 식사하는 동안, 병원에 계실 때 찍었던 사진을 봤습니다. 라이브 포토라서 사진을 누르면 엄마 목소리도 들리고 웃는 모습도 보고. 고마운 아이폰.

부엌에 혼자 서서 제사 음식을 만드는 것에 익숙해지는 것도 싫고 손이 능숙해지는 것도 싫습니다. 언제나 긴장하면서 만들고 싶습니다.

엄마 입에 안 맞으면 어쩌지 걱정하면서.

17

김치 국밥

: 지독하게 앓은 다음 날의 성찬

금요일 아침부터 편두통이 심했습니다.

처음에는 평소보다 잠을 심하게 설쳤기 때문이라고 생각했지만, 오후가 되면서는 목까지 아파 왔습니다. 혹시나 해서 회사 근처 코로나 검사소에서 검사를 받고 다시 회사로 돌아와 야근을 하고 퇴근했습니다. 친구들에게 문자로 회사 '때려치우고' 싶다고 투덜거리면서 집으로 돌아왔는데 긴장이 풀린 탓인지 갑자기 목이 심하게 아파 왔고 그 때문인지 열도 38도까지 치솟았습니다. 타이레놀을 삼키는 게 고통스러울 정도였던 목은 토요일 아침이 되자 조금 나아졌지만, 열은 떨어지지 않았습니다. 코로나 검사 결과는 음성으로 나왔지만, 슬슬 겁이 나 동네 병원으로 갔습니다.

병원엔 이미 환자가 꽉 차서 예상 대기가 한 시간이었지만 여기까지 덜덜 떨면서 힘들게 왔는데 다시 찬바람을 맞으며 돌아갈 수는 없었습니다. 체온을 잰 뒤 접수를 하고 병원에 오면 필수인 혈압을 쟀습니다. 88/44, 맥박 75. 본체의 성격과는 달리 참으로 침착한 혈압. 대기실 맨 뒤에 앉아 오가는 사람들을 멍하게 바라봅니다. 다행히 코로나는 아닌 것 같다는 의사의 말에 한시름 놓았지만 몇 시간 뒤에 전화로 알려주겠다는 검사 결과를 듣기 전까지는 안심할 수 없었습니다.

겨우 집으로 돌아와 포카리스웨트와 해열제를 먹고 침대에 누웠지만 열은 떨어지지 않았고 온몸을 바늘로 찌르는 듯한 고통은 그대로였습니다. 몇 시간 동안 잠을 자는 건지 정신을 잃은 건지 알 수 없는 상태였습니다. 극심한 한기가 느껴져 이불을 칭칭 감았지만 식은땀이 계속 흘러 티셔츠와 침대 시트가 젖을 정도였어요. 빨리 잠이 들어서 이 시간이 어서 지나가길 바라다가 창이 밝아오는 걸 느끼면서 겨우 잠들었던 것 같습니다. 3년 전 교통사고 이후, 가장 크게 앓았던 이틀.

젖은 베개가 차가워 눈을 뜬 게 8시 5분.
침을 삼켜보고 이마를 짚어봤습니다. 뭔가 다른 느낌. 온도계를 들어 체온을 재보니 36.8도. 이제야 정상으로 돌아왔습니다. 침대에서 나와 체중계에 올라섰습니다. 이틀 동안 2킬로그램이 빠지다니… -2라는 숫자를 보니 어제 한 끼도 못 먹었다는 걸 깨달았고 갑자기 배가 고파졌습니다.

김치 국밥.

이것밖에 머릿속에 떠오르지 않았습니다. 하지만 집에는 김치가 없었고 김치 국밥은 너무 먹고 싶었고. 그럼 움직여야죠.
30그램씩 소분해 냉동실에 넣어둔 멸치 가루를 티백에 담은 뒤 물 1리터를 부은 냄비에 넣고 중불로 가열합니다. 그리고 방으로 돌아와 땀으로 젖은 침구를 걷어내 집 가까이 있는 코인 세탁소에 넣어둔 다음 길 건너 슈퍼에서 '김치'와 콩나물을 삽니다. 집으로 돌아오니 집 안에 멸치 육수 향이 가득했습니다. 갑자기 힘이 솟는 것 같은 그런 기분.

슈퍼에서 사 온 김치는 그야말로 일본식입니다. 원래는 젓갈 맛이 진한 김치와 국물을 써야 하지만, 한국이 아닌 타국에서 집을 나가 10분 만에 김치를 구할 수 있다는 것만으로도 감사할 상황이니까 불평은 하지 않기로 합니다. 손에 쥐어지는 크기의 플라스틱 통에 든 김치는 깔끔하고 국물은 거의 없었습니다. 불려서 냉동해둔 쌀, 김치, 씻은 콩나물을 끓는 멸치 육수에 넣습니다. 그리고 마늘 반 작은술과 액젓 대용으로 쓰던 피시 소스 반 큰술을 넣습니다. 젓갈이 들어간 김치 국물이 없으니 이렇게라도 해야죠. 재료는 이게 전부입니다. 약불에다, 주걱으로 계속 저어주면서 눌어붙지 않게 합니다. 이렇게 15분 정도 끓이다 보면 어느새 완성입니다. 그릇에 담은 뒤 채 썬 청양고추와 파를 고명으로 올립니다. 한국식 조미김이 없는 게 가장 아쉽습니다. 그래도 이게 어딘가요.

순가락 하나만으로 한 끼를 해결할 수 있는 김치 국밥.

어릴 때 엄마가 가끔 해준 기억이 나는데 지금처럼 지독하게 앓은 다음 날 먹은 것 같습니다. 김치통에 남아 있던 포기김치 '끄트머리'도 잘게 썰어서 넣었던 것 같고, 제가 좋아하는 김장 김치에 들어간 큼직한 무도 썰어 넣었던 것 같습니다. 그렇게 끓인, 죽인지 국밥인지 알 수 없는 것 위에 조미김 서너 장을 손으로 거칠게 잘라 올려줍니다. 이렇게 올라간 김은 왜 이렇게 맛있을까요? 하지만 오늘은 조미김이 없습니다.

식탁에 앉자마자 숨을 들이쉬며 국밥 냄새를 맡습니다.

뜨거운 김치 국물 냄새를 맡자마자 마음이 든든해졌고 역시 한국인의 피 절반은 김치 국물이라는 걸 새삼 느꼈습니다. 한 숟갈 떠서 후후 불어 입에 넣습니다. 뜨거운 김치 향이 입안에 가득 차고, 김치를 썹자 그래 이 맛이지! 하는 메아리가 저절로 귓가에 퍼졌습니다. 아쉬운 마음에 넣었던 피시 소스는 제 역할을 충분히 했고 아삭한 콩나물 식감도 무척 좋았습니다. 하루를 굶은 탓에 허겁지겁 그릇을 비웠고 덕분에 제 입천장은 아주 깨끗하게 벗겨졌습니다.

코인 세탁소에서 세탁물을 찾아오면서 가족과 통화를 했습니다.

아파서 차례를 못 지냈다고 하자 아버지는 걱정 말라며 몸부터 챙기라고 했습니다. 한 살 차이 오빠는 '외국에서 명절에 혼자 아프

니까 서럽지?'라는 걱정인지 뭔지 알 수 없는 말을 했습니다. 걱정해서 하는 말임을 알지만, 가족을 만들지 않고 멀리 떨어져 혼자 사는 걸 여전히 불완전한 인생으로 본다는 것도 느낄 수 있었습니다.

사실 전 아플 때 서러움을 느끼지는 않습니다.

힘든 일은 혼자 알아서 하는 게 마음 편합니다. 누군가가 저 때문에 걱정하고 수고하는 게 편하지 않기 때문입니다. 그래서 교통사고 때도 아무에게도 알리지 않고 혼자 통원 치료와 산책을 하고 소꼬리를 사 와서 곰국을 만들면서 하루하루를 보냈습니다. 밤새 괴롭히던 열이 내렸는지 이마를 쓸어 체크해줄 누군가가 없어도 외롭다고 생각한 적은 없습니다. 오히려 기쁜 일을 함께 나눌 누군가가 없을 때가 외롭고 서러웠습니다.

저의 빈 곳을 채워줄 사람보다는 저의 즐거움을 함께 나눌 사람을 원합니다.

인생에 좋은 일만 있을 수 없다는 건 알지만, 그래도 나눠서 두 배가 된다면. 조금이라도 더 밝고 행복한 것으로.

경상도 갱시기

여러 가지 나물로 만든 국에 밥을 넣어 끓인 음식인 '갱식羹食'에서
유래된 갱시기는 신김치와 콩나물로만 끓이는, 보릿고개와 전쟁을
버티게 해준 대표적인 경상도 향토 음식입니다. 엄마는 갱시기보다
는 그냥 김치 국밥으로 가르쳐줬고, 저 역시 김치 국밥이라는 이름
이 더 좋습니다.

재료   ◦ 신김치와 콩나물은 취향에 따라, 대파 흰 부분 5cm, 청양
      고추 1개
      ◦ 멸치 육수 500~600ml, 찬밥(밥이 없으면 불린 쌀 100g 정
      도), 소금, 후추, 조미김

요리법   ① 냄비에 멸치 육수를 넣고 콩나물을 먼저 끓입니다. 뚜껑
      을 닫지 않고 5분 정도.

      ② 먹기 좋은 크기로 썬 김치와 찬밥을 넣고 끓기 시작하면
      중약불로 낮춘 뒤, 밥이 퍼질 때까지 눌어붙지 않게 주걱
      등으로 잘 저어줍니다.

      ③ 밥이 퍼지면 불을 끈 뒤 잘게 찢은 조미김과 썬 파, 청양
      고추 등을 올리고 후추를 뿌립니다. 소금으로 취향에 맞게
      간을 합니다.

      * 뜨거운 밥은 식힌 뒤에 넣어야 국물 맛을 살릴 수 있습
      니다. 불린 쌀을 쓸 때는 육수를 조금 더 준비합니다.

18

다시, 빵

: 끈끈한 집착

2022。03。

요즘 주말마다 다시 빵을 만들고 있습니다.

마지막으로 빵을 만든 건 작년 10월. 그 이후로 하지 않다가 지난 3월 20일부터 '다시' 주말마다 빵을 만들고 있습니다.

전부터 짬짬이 케이크는 만들었지만, 어느 날 치아바타로 시작해 코로나와 더불어 본격적으로 빵 만들기를 시작했습니다. 반죽 발효를 위해 실내 온도와 습도를 맞췄고 생각한 결과물이 나올 때까지 주말 동안 세 번이나 다시 하기도 했습니다. 언제나 '일단 해보자'는 식으로 시작하다 보니 시행착오도 많지만 어찌어찌 그럴싸한 결과물이 나오기도 합니다. 치아바타가 조금 질릴 무렵 사워도우를 시도해 그 뒤로 계속 그것만 만들고 있습니다. 한창 빵 만드는 걸 주말 루틴으로 했던 작년 이맘때에 비하면 조금은 헐렁하게 피자도 시도하면서 설렁설렁하고 있습니다.

앞에서도 밝혔지만, 빵 만드는 걸 그만둔 계기는 집착과 절박감이었습니다.

빵을 만드는 루틴에 대한 집착과 원하는 것에 도달하지 못한다는 자괴감에서 벗어나려는 절박감. 작년에 빵을 그만두면서 루틴의 공백과 자괴감의 공포에서 벗어나는 데에 집중한 덕에 비교적 순탄하게 그 시간을 넘겼습니다. 그 공백을 뉴스레터가 대신하고 있는데, 일주일이라는 시간을 돌아보며 머릿속에 있는 하고 싶은 이야기를 정리하는 것이 큰 도움이 됩니다. 뉴스레터를 구독하는 독자들에게는 어쩌면 제대로 정리되지 못한 레시피로 만든 요리를 맛보라고 내미는 모양새가 되었지만, 그래도 스스로 꾸준히 뭔가를 하고 있다는 것은 꽤 안정감을 줍니다. 서툰 요리를 내밀었다가 시간이 지난 뒤 그 요리를 다시 맛보면 '아니 이런 걸…' 같은 자괴감의 시동이 걸릴 때도 있지만, 그것을 만회하고 다시 도전할 주말이 다가오기 때문에 아직은 금요일을 기분 좋게 기다립니다.

　루틴에 대한 집착은 타고난 성격 탓이 크다고 생각하지만 가끔은 대체 언제부터 이렇게 빡빡한 성격이 되었는지 궁금할 때가 있습니다. 기억을 더듬어 지난 세월을 돌아보면 확실히 지금 같은 성격은 아니었던 것 같습니다. 좀 더 '될 대로 돼라'식 마인드가 지배하고 있었고, 좀 더 탄력적인 성격이었던 건 분명합니다. 마치 직소 퍼즐 같은 성격이었습니다. 적당히 받아들이고 적당히 고집을 내세우면서 하나하나 모양을 만들었죠. 어쩌면 그때 그렇게 퍼즐 맞추기를 잘한 덕분에 이렇게나마 버틸 바탕이 만들어진 게 아닌가 싶기도 합니다. 하지만 뜻대로 안 풀리는 게 인생이라는 어른들의 술자리 농담을 온몸으로 체험하며 살다 보니 제 성격은 직소 퍼즐보다는 점점 둥글게 되어갔습니다. 온화하고 유순해져서 모든 걸 둥글둥글하게 받아들이는 것이 아니라, 자신의 내형을 유지하고 지키며 부지불식간의 침입을 튕겨내기 위한 '동그라미'

가 되는 것이죠. 공벌레처럼.

동그라미가 되는 과정은 사실 순탄치 않습니다.

움푹 파이거나 튀어나온 부분들을 메우고 깎아가며 만들어야 하는데 그럴 여유는 없이 공벌레처럼 어떤 촉이 느껴지면 몸을 둥글리기 바쁩니다. 이것도 어느 정도 익숙해지면 그 촉이 지나가는 낙엽인지, 아니면 둥글리는 모습을 보려 하는 누군가의 손가락인지 분간하게 될지 모르겠지만 아직은 그럴 여유가 없습니다. 자전거를 처음 배울 때처럼 균형 잡는 법과 왼발 오른발을 번갈아 저으며 앞으로 나가는 법이 머릿속엔 있지만 페달을 밟는 발과 핸들을 쥔 팔에는 생각처럼 힘이 들어가지 않습니다. 오른쪽으로 이만큼 틀고 싶은데 실제로는 생각한 두 배로 틀어져 자전거가 기울어지고 결국 무릎에 생채기가 생깁니다. 팔꿈치와 무릎에 훈장처럼 흉터를 쌓아가며 감각과 실력을 익히던 시간은 까마득히 지나갔고 자전거는 결국 사고와 함께 폐기 처분되었습니다.

인생에 남는 변화의 흔적은 화려하거나 잔인합니다.

그 중간은 없지만, 간혹 전환이라는 언덕을 보이며 기회를 주기도 합니다. 더 화려해지거나, 덜 잔인해지거나. 누군가에게는 한달음에 달려가 넘을 수 있는 높이로 보이고 누군가에게는 엄두도 못 낼 산처럼 보이는 언덕입니다. 오르막길 끝에 정상이 있고 그곳을 지나면 반드시 수월한 내리막길이 있다는 희망으로 올라갑니다. 지금쯤이면 정상이 보이지 않을까 싶어 계속 올려다보지만 뿌연 구름은 눈앞에서 쉽게 사라지지 않고, 완만하지만 끝없는 오르막길은 모든 걸 포기하고 주저앉고 싶은 마음을 계속 쥐어짭니다. 그렇게 힘들게 정상에 올랐는데 내리막길의 끝이 평지인지 절벽인지 안 보일 때는 어떻게 해야 할까요?

빵 만들기를 다시 시작한 3월 20일 전날에는 친구와 술을 마셨습니다.

언제나의 친구와 언제나의 패턴으로 새벽까지 술을 마시고 돌아와 엄청난 숙취에 시달렸습니다. 그런데 이상하게 빵을 만들고 싶다는 생각이 머릿속에서 떠나지 않았습니다. 친구와 술을 마시면서도, 돌아오는 택시 안에서 꼬부라진 혀로 행선지를 겨우 말하면서도 아침에 일어나면 빵을 만들겠다고 생각했습니다. 새벽에 겨우 잠들었다 목이 말라 냉장고를 열었을 때 냉장고 문에 있던 드라이 이스트를 봤습니다. 그 즉시 저울과 밀가루를 꺼내서 풀리시를 만들었습니다. 술이 덜 깬 채로 40그램짜리 풀리시를 두세

번에 걸쳐 겨우 맞추고는 다시 잠자리에 들었고 아침 늦게 눈을 떠서 그때부터 반죽을 시작했습니다. 폴딩을 할 때는 전에 어떻게 했는지 기억나지 않아 반죽만 한참 쳐다보기도 했습니다. 그래도 재미있게 몰두해서 만들었던 덕분인지 그럭저럭 마쳤지만, 성형 단계에서 다시 기억이 나지 않아 대충 둥글렸습니다. 빵은 당연히 망했습니다. 하지만 실망하지 않았습니다. 원하는 모양이 아니라고, 맛이 없다고 빵이 아닌 것도 아니고 먹을 수 없는 것도 아닙니다. 그냥 하는 데까지 해보고 그래도 안 되면 이게 내 빵이라고 생각하기로 했습니다.

오늘도 빵을 만들었습니다.

전과 다른 방법으로 두 개를 만들었는데 하나는 언제나의 '내 빵'이었지만 다른 하나는 전과 다른 빵이 되었습니다. 처음으로 쿠프(빵이 충분히 부풀어 모양을 잡을 수 있게 해주는 칼집)가 벌어지기 직전까지 나와서 경험해본 적도 없는 로또 2등에 당첨된 것 같았습니다.

어쩌면 다시 빵을 만드는 건 어떤 신호를 느끼고 자괴감에 빠진 자신을 꺼내기 위해 어쩔 수 없이 반복하는 일일지도 모르겠습니다. 이번에도 계속 실패하면 전처럼 손을 털고 더 이상 밀가루를 사지 않을 수도 있어요. 그래도 그때와 다른 게 있다면 지금은 집착과 절박감에 거리를 둔다는 점인데, 조금은 망각이 섞인 자포자기입니다. 반죽하고 폴딩 하는 과정에서 느껴지는 질감과 만들어지는 탄성에 몰두하면 잠시 머릿속이 새하얗게 지워지거든요. 그래서 보이지 않는 내리막길 끝에 대한 공포는 일단 망각으로 감추려고 합니다.

자포자기 같은 망각을 곁들여 만들어내는 빵이 어떤 모양과 맛으로 완성될지는 알 수 없지만, 그 과정에서 곧 마주할 결과에 대한 기대감이 주는 짧은 설렘에 빠지는 건 끊을 수 없을 듯합니다. 그나마 밝은 부분은, 언젠가는 쿠프가 시원하게 열리는 빵으로 보답받을 거라는 조금은 황당하고 근거 없는 해피엔딩을 기대하고 있다는 정도겠죠.
그래도 전 계속 빵을 만들려고 합니다.

2023。06。
요즘 꽤 부지런히 빵을 만들고 있습니다.

거의 주말 이틀 동안은 아침마다 빵을 구워 먹고 있으니 어쩌면 부지런을 넘어 조금 과하다고도 할 수 있겠습니다. 그래도 알차게 잘 먹고 있으니 걱정할 것은 전기 요금과 뱃살 정도일 듯합니다. 운동은 전혀 하지 않으면서 토요일과 일요일 이틀 동안 정제 밀가루를 넉넉하게 600그램 정도 먹고 있으니 이제는 슬슬 재료를 바꾸거나 곁들여 먹을 뭔가를 궁리해야 될 것 같긴 합니다.

빵에 대해 쓰는 건 네 번째입니다.

빵 만드는 이야기를 자꾸 하는 이유는 제 일상의 큰 부분이기 때문입니다. 이전 글에도 썼지만, 주말마다 빵 만드는 것을 루틴으로 삼으면서 한 주 동안 회사에서 쌓인 스트레스를 풀고 있습니다. 하지만 그동안 그 시간이 만족스럽기만 했던 건 아닙니다. 봐 온 건 많아서 눈은 높아졌는데 끈질기게 달라붙어 공부해서 정석 루틴을 만들 정도로 여유 있진 않아서 딱 아는 만큼만 결과가 나왔습니다. 여유라고 쓰다 보니 이게 여유일지 성의일지 잠깐 의문이 생겼지만, 절대 성의가 없는 건 아닙니다. 잠을 줄여가면서 폴딩을 했으니 성의는 충분했지만, 그 성의가 뻗친 부분에서 조금 핀이 안 맞았을 뿐일 겁니다.

발효종을 쓰는 빵은 그야말로 시간이 만듭니다.

하나 만드는 데 거의 일주일이 걸립니다. 제가 주로 만드는 빵은 사워도우 즉 천연 발효 빵입니다. 발효종, 밀가루, 물. 이 세 재료로 만듭니다. 심플하죠. 그래서 오히려 민감하고 까다롭고, 무던해 보이는데 포커페이스를 못하는 그런 재미없는 사람 같은 빵입니다. 저는 프랑스 빵 전용 밀가루를 쓰진 못하지만, 수분율과 글루텐 함량 등을 살펴서 적당한 가격대의 밀가루를 사고, 물은 그냥 수돗물을 씁니다. 근사한 사워도우를 만들어내는 사람들과의 가장 큰 차이는 르방입니다. 르방은 물과 밀가루를 일정 비율로 섞은 후 실온에서 발효를 일으키는 원리로 만드는 천연 발효종입니다. 보통 5일 정도 걸립니다. 발효가 잘되게끔 일정한 시간에 밀가루와 물을 추가하면서 건강한 발효종을 만들면, 빵이 구워질 때 둥근 산처럼 부풀어 오르면서 모양을 잡는 오븐 스프링 사워도우를 만들 수 있습니다.

하지만 발효종 만드는 건 매번 실패했습니다.

유명한 베이커들이 시키는 대로 했는데도 제 발효종은 발효 과정에서 죽어버렸습니다. 그다음엔 간이 발효종인 풀리시 반죽으로 빵을 만들었는데, 이조차 원하는 대로 되지 않았습니다. 그래

서 한동안 빵을 만들지 않았습니다. 뜻대로 되는 게 하나도 없다
는 자괴감의 늪에 빠졌던 거죠. 그렇게 잊고 지내다 5개월 만인 지
난해 3월, 다시 빵을 만들었습니다. 제가 설정한 기준은 내려놓고
마음 편하게 만들기로 했죠. 극적인 반전이 있는 현실이 아니다
보니 전과 다를 게 없는 빵이 나왔지만 그래도 전보다는 마음이
편했습니다.

그러다 SNS에서 알게 된 번역가에게서 그분이 번역한 사워도우
에 대한 책을 두 권 선물 받았습니다. 저의 빵 만드는 모습과 고민
을 보곤 도와주고 싶다고 했죠. 처음에는 양장본을 해외로 보낸다
는 말에 극구 거절했지만, 지나친 거절도 예의가 아니다 싶어 감
사한 마음으로 받았습니다. 발효의 원리부터 이용 방법까지 꼼꼼
하게 나와 있어 마치 재미난 과학책 같았습니다. 그 책을 읽고 나
서야 사워도우를 제대로 이해하게 되었고 조급함의 그림자에서
벗어날 수 있었습니다. 그리고 문제를 해결하는 방법에 대해 조금
다른 시각을 갖게 되었습니다. 바로 조력입니다.

"제가 가진 발효종을 나눠드릴게요."

평소 요리와 제빵을 즐겨하는 SNS의 지인이 제 고민을 듣더니
이렇게 말했습니다. 사실 이런 말을 들은 게 이번만은 아닙니다.

처음 빵을 만들 때도, 발효종 만드는 데 실패했다고 하자 지인이 자기 발효종을 나눠주겠다고 했지만 거절했습니다.

첫 번째로는 내 손으로 만들어보겠다는 오기가 있었고, 두 번째로는 아무리 작은 것이라도 넙죽 받는 게 불편했는데 사실 이게 가장 큰 이유였습니다. 도움을 받으면 상대에게 폐를 끼친다는 생각이 들기 때문이죠. 되로 받았으면 말로 갚으면 된다지만 그렇게 단순하게 끝나지는 않습니다. 받은 것에 상응하는 걸 고르는 데서부터 상대가 기분 나쁘지 않게 갚을 유연한 방법까지 고민하게 됩니다. 제일 마음 편한 건 아무 도움도 받지 않는 겁니다. 죽이 되든 밥이 되든 실패를 하든 절반의 성공을 하든 제힘으로 해야 마음이 편합니다. 꽤 그럴싸해 보이는 자세입니다. 의지도 강해 보이고 충만한 자신감과 근성까지. 하지만 삽을 빌려준다는 걸 마다하고 자신의 숟가락으로 굴을 파는 것과 같죠. 문제가 해결되지 않으면 '내가 가진 게 이것뿐이라 이 이상은 할 수 없지'라는 자포자기로 결론을 지어버리고 문제 한가운데서 눈을 감는 겁니다. 앞이 보이지 않는 상태에서 고비를 넘을 수 있을까요? 전혀요.

떡볶이와 치킨을 먹자고 집으로 초대했을 때 그 지인은 조그만 병에 발효종을 담아 왔습니다. 나눠달라고 제가 부탁했거든요. 먹고 마시는 즐거운 시간을 보내고 지인들이 돌아간 뒤 설거지와 부엌 정리를 끝내고 발효종을 살펴봤습니다. 약 20그램. 갓 구운 빵에서 날 법한 고소한 향. 소독한 유리 용기에 발효종을 옮겨 담고 밀가루와 물을 추가한 뒤 부엌 작업대에 두고 잤습니다. 그리고 다음 날 아침, 발효종은 사진과 같은 모습이었습니다. 유리 뚜껑을 들어 올릴 정도로 힘차게 발효되어 부풀었습니다. 처음으로 발효종의 성장력을 확인한 기쁨. 그리고 이젠 성공할 수 있겠다는, 고비를 넘을 수 있겠다는 기대.

저 발효종의 절반은 냉장고에 따로 보관하고 있습니다.

과학자가 귀중한 세포를 보관하는 마음으로. 나머지 발효종을 계속 키워가면서 빵을 만들고 있습니다.

도움이 무형의 빚이라는 생각이 아주 틀리지는 않을 겁니다.

도와준 사람에게 실망스러운 모습을 보일까 걱정하고, 그 빚을 못 갚을까 두려워합니다. 하지만 해결되지 않는 뭉텅이를 끌어안고 끝없는 고통의 굴레에서 못 벗어나는 것보다는, 도움을 받아 해결의 실마리를 쥐는 게 훨씬 나을 겁니다.

어쩌면 그 실마리는 저의 모습일지도 모릅니다.

지인에게 받은 발효종 20그램은 최선의 실마리이자 저의 또 다른 모습일 겁니다.

그리고 저는 조력자들의 기대와 응원으로 실타래가 되고, 유리 뚜껑을 치고 오를 정도로 해결하려는 집착을 지닌 튼튼한 발효종이 될 수 있을 겁니다. 저를 바꿀 수 있을 겁니다.

이것이 바로 조력의 의미입니다.

19

심연의 부엌

: 이야기가 시작되는 곳

얼마 전 조금 늦은 밤, 동네 산책을 하다 공사 중인 집을 보았습니다.

지은 지 꽤 오래되었을 것 같은 목조건물이었는데 아마도 허물고 새로 짓는 듯했습니다. 쿰쿰한 나무 냄새가 나고 주변에 친 그물망 사이로 골조만 남아 안이 자세히 보였는데, 아직 다다미가 남아 있으니 아마 이날 철거를 시작한 모양입니다. 희미하게 마주 보이는 작은 창 밑에 수전이 있는 곳이 부엌인 듯했습니다. 멀리서 봐도 수전의 너비와 비슷할 정도로 작은 창에 어떤 스티커가 붙어 있는 것 같았어요. 이미 철거를 시작한 곳이지만, 지난주까지 누군가 살았을 남의 집을 몰래 들여다보기 뭣해서 그물망에서 떨어져 다시 걸었습니다. 왼쪽 코너를 돌아보니 그 집과 뒷집은 30센티미터 정도 사이를 두고 거의 한 집처럼 붙어 있었습니다. 그리고 아까 본 그 조그만 쪽창이 보였습니다.

철거를 시작한 집의 부엌에 난 쪽창.

그 집에서 요리하며 살아온 사람에게 그 창은 어떤 의미였을까요? 맞은편 건물의 칙칙한 벽만 보였을 창을 마주하는 기분. 요리하느라 바빠서 그런 여유 따위는 없었다면 좀 많이 슬퍼질 것 같습니다.

바지 주머니에서 열쇠를 꺼내 현관에 꽂을 때까지 그 생각이 머릿속에서 떠나지 않았고, 현관문을 열자 우리 집 부엌이 바로 보였습니다. 그래. 그 집은 작아도 창문이 있었지만, 우리 집 부엌엔 창문이 없지.

이곳으로 이사 오기 전, 집을 보러 다녔을 때 반드시 챙긴 조건

이 두 가지였습니다.

실내는 무조건 밝아야 한다, 부엌은 커야 한다. 여기에 괄호를 치고 덧붙인 것이 '부엌에 창이 있으면 좋겠다'였습니다. 하지만 현실적인 조건들을 맞추다 보니 마음에 드는 곳은 눈물을 머금고 포기할 수밖에 없었고, 부엌은 크지 않고 창도 없지만, 실내가 밝고 이중창이 있는 지금 집으로 결정을 했습니다. 목조건물에서 겨울을 지낸 경험이 이중창의 필수성과 소중함을 알게 해줬기 때문이죠. 창이 없고 작지만 개조까지는 안 되더라도 어떻게든 맞춰서 살면 되겠지 하는 자포자기와 도전정신으로 지금 부엌을 만든 것 같습니다. 워낙 세간이 많아 이걸 다 어디 늘어놓고 사나 싶었는데, 조리 공간이 부족해 조리용 테이블을 따로 놓고, 로망이었던 나무장을 포기하고 고른 튼튼한 스틸장 덕분에 무사히 정리할 수 있었습니다.

그래도 아쉬움은 늘 있어 다른 집 부엌 사진으로 대리만족하면서 달래고 있습니다.

인스타그램에서 팔로잉하는 해시태그 중 하나가 '台所(だいどころ. 부엌)'입니다. 이 태그를 유독 좋아하는 이유는 부엌 모습뿐 아니라 거기 연결된 저마다의 일상이 보이기 때문입니다. 매끼 식사

와 도시락, 설거지를 마친 정갈하고 정돈된 싱크대, 애착 그릇이나 가족들의 식사 모습을 볼 수 있습니다. 요리하면서 언제나 캔맥주를 마시는 호탕한 여성, 식탁에 앉아 졸면서 칭얼거리는 아이, 작고 좁아서 한 구짜리 간이 가스레인지를 놓았지만 세간 하나하나는 고가의 북유럽 빈티지로 구성된 부엌, 근사한 대리석 아일랜드 식탁에 최신식 후드와 네 구짜리 럭셔리 쿡탑, 그 옆에 자리 잡은 물기 하나 안 보이는 바카라 컵이 놓인 쇼룸 같은 부엌도 있습니다.

그중 매일 들어가 피드를 살펴보는 계정이 있습니다.

50년 넘은 시골 고택을 사 직접 수리하면서 3년째 살고 있는, 결혼 14년차, 올 6월에 새 식구가 생긴 3인 가족의 생활을 담은 계정입니다. '사람과 벌레에 서툴다'는 프로필이 마음에 박혀 보자마자 팔로잉했습니다. 많지 않은 피드지만, 사계절을 지내며 어떤 고충을 겪는지 충분히 알 수 있습니다. 여러 모습 중에서 가장 좋아하는 건 물론 부엌 풍경입니다. 큰 창 너머 보이는 들판과 산. 저 모습을 보며 설거지하는 기분은 어떨까. 숨을 쉴 때마다 콧속으로 들어오는 공기는 얼마나 좋을까.

그렇죠. 부엌 이야기에 안 꺼낼 수가 없는 영화 〈리틀 포레스트〉.

도쿄에서 5시간 떨어진 이와테현의 오오모리가 배경인 이 영화는 생각날 때마다 보는데 벌써 열 번은 넘은 것 같습니다. 텃밭을 만들고, 산과 언덕을 누비면서 나물거리를 따고, 은어를 꼬치에 끼워 숯불에 구워 먹고, 땔감용 장작을 패는 생활을 해보고 싶었고 왠지 잘할 수 있을 것도 같거든요. 그리고 정말 갖고 싶은 부엌이었습니다. 싱크대와 함께 만들어진 창을 통해 계절 변화를 보고, 길게 들어오는 햇살을 느낄 수 있는 완벽한 부엌. 오래된 나무 찬장도 좋아 보였고, 시멘트와 타일로 투박하게 만든 싱크대와 현관 옆에 있는 장작 난로까지, 제가 이상적으로 생각하는 킨포크적 라이프스타일이었습니다.

"남의 생활이니까 좋아 보이는 거야."

들뜬 마음에 바람을 빼고 현실의 찬물을 끼얹는 친구의 한마디.

'일본에 가면 살아보고 싶다'고 생각한 건 오래된 목조건물입니다. 세월의 흔적을 고스란히 몸에 새긴 나무 외벽과 다다미가 있는 단층집에서 오래된 창가에 기대 앉아 낮은 시선으로 길가를 내다보며 커피를 마시는. 하지만 일본에 온 뒤 이 꿈에서 현실로 돌아오는 데는 채 한 달이 걸리지 않았고, 무조건 콘크리트, 무조건 동남향, 무조건 2층 이상이어야 한다는 원칙이 생겼습니다. 한국에 살면서 실내에서는 경험해본 적 없는, 바닷가 방갈로에서나 느낄 법한 습기와 찬장에서 그릇이 떨어질 정도로 강한 지진을 목조주택에서 겪으면서, 로망과 현실의 갭이 주는 '로망은 로망일 뿐이다'라는 진리를 뼈에 새겼습니다.

하지만, '하지만…'이라는 말이 언제나 입술 끝에 걸려 있습니다. 로망을 품을 만큼 그 생활에 대한 동경이 컸고, 단순히 로망에서 끝내기에는 제가 전과 달라졌습니다. 그저 인테리어에 대한 갈구였다면 아마 예전에 포기했겠지만, 부엌은 다릅니다. 적어도 제 인생에서는.

요리를 시작하면서 부엌에서 보내는 시간이 많아졌습니다. 매 끼니 식사를 준비하고, 안주를 만들기도 합니다. 긴 시간을 두고 먹을 매실청이나 절임도 만들고, 커피를 로스팅하기도 합니다. 살아가는 데 중요한 먹거리를 준비하고 만드는 것만으로도 부엌은 충분히 소중하지만, 저에게는 조금 남다른 의미가 있습니다.

일본에서 살아온 11년이라는 시간 동안 인생의 크고 작은 일을 겪으면서, 어두운 우울의 심연에 빠졌다가 다시 일상으로 돌아오는 계기가 돼준 곳이 부엌입니다. 서툴게 시작한 '식사' 덕분에 흔적만 남았던 자존감의 심지를 굳게 만들 수 있었고, 말라버린 토스트를 구워 먹으면서 폭음의 굴레에서 벗어날 수 있었죠. 갑자기 많은 일들이 일어나 다 놓아버리고 싶을 때도 꾹 참고 다시 돌아와서 한 일은 부엌에서 끼니를 만드는 것이었습니다. 때로 주체하기 힘들 정도로 거칠고 불안해지면서 어디론가 도망가고 싶은 마음이 들면, 장을 봐 와서 일부러 손이 많이 가는 요리를 만들어 냉장고를 채웁니다. 재료를 다듬고 조리를 하는 동안에도 피하고 싶은 현실의 일들은 사라지지 않고 그대로지만, 조금은 생산적인 도피를 했다는 사실이 적잖은 위로가 됩니다.

부엌에 창문이 없는 게 조금 도움이 되지 않았을까 싶기도 합니다. 눈앞은 꽉 막혀 있고 왼쪽으로 고개를 돌려야 시간의 흐름과 지금 서 있는 곳이 어디인지 알 수 있기 때문이죠.

복잡한 마음이 들 때는 숫돌을 물에 담가둡니다.

숫돌이 물을 먹을 동안 작업대를 정리하고 행주를 깐 뒤 칼들을 올려둡니다. 물을 먹은 숫돌을 행주 가운데 놓고 천천히 칼을 갈기 시작합니다. 초점을 고정한 채 사각거리는 소리에 귀를 기울이면, 숨도 거기 맞춰 고르게 됩니다. 조용한 리듬을 따라 많은 생각이 떠올랐다가 하나둘씩 차곡차곡 쌓입니다. 칼이 다 정돈될 즈음에는 마음도 정돈되어 있습니다.

이렇게 만들어낸 저의 시간은 부엌 세간에 고스란히 남아 있습니다.

칼자국이 깊게 난 나무 도마, 그을음의 나이테가 생겨버린 냄비, 지금도 함께하고 있는 10년 된 스투시 컵과 소서, 8년 된 무인양품 주전자와 수동 샘플 로스터, 롯지 스킬렛, 7년 된 첫 무쇠솥과 첫 스타우브. 이렇게 제 손길과 시간이 고스란히 내려앉은 부엌은 제 인생 일부를 담고 있습니다.

부엌은 많은 이야기를 만들어낸 곳이고 앞으로도 계속해서 많은 이야기를 만들어낼 곳입니다. 그렇기 때문에 부엌에 대한 로망과 갈망은 어쩌면 그 안에서 만들어질 이야기 그리고 성장이라 말하고 싶은 변화에 대한 기대감일지도 모르겠습니다.

부엌에 있으면 영화 〈리틀 포레스트〉의 '엄마'가 가끔 떠오릅니다.

'요리는 마음의 거울'이라던, 삶의 절반 가까이가 담겼을 부엌과 유일한 가족인 딸을 두고 자신의 인생을 찾아 떠난, 자기 자신과 욕망에 충실했던. 오후의 짧은 해가 지나가는 창이 보이는 어두운 난로 앞에 앉아 담배를 피우던, 무거운 눈으로 멍하니 앞을 응시하던 마지막 모습과 표정을 잊을 수 없습니다.

그 결정이 그녀에게는 성장이었을까요?
아니면 되돌릴 수 없는 후회였을까요?

20

카레

: 다가갈 수 없는 애증의 맛

저는 카레를 못 먹습니다.

아마도 제 식사 피드를 오랫동안 봐온 분들은 '그러게… 그동안 카레 사진이 없었네'라고 할 듯합니다. 어릴 때부터 못 먹었고, 몇 번 시도했지만 입에 넣고 씹은 뒤 목으로 넘기지 못하거나 어떻게 든 먹고 나면 머리가 아파서 바로 집으로 돌아와야 할 정도입니다. 몇 년 전에 카레 가루를 섞어서 가라아게를 만들어봤는데, 어떻게든 꾸역꾸역 맥주와 먹다가 결국 남기고 극심한 두통 때문에 바로 누운 것이 카레와의 흔한 추억입니다.

정확하게 어떤 이유로 이렇게 되었는지 모르겠지만, 면 요리라면 자다가도 일어나는 제가 못 먹는 베트남 쌀국수와 대만 고기 국수를 떠올리며 막연하게 어떤 향신료는 안 맞는구나 생각하고 있습니다. 대만 고기 국수는 고기가 든 국수라는 단순한 생각에 상세한 사전 정보 없이 시도했다가 다 먹지 못하고 식은땀을 흘리며 화장실을 찾았고, 쌀국수 역시 국물에서 느껴지는 독특한 향 때문에 삼키지도 못했습니다. 그러고 보니 향 때문에 못 먹는 고수도 있군요. 물론 멘마(대나무 죽순으로 만든 발효 식품)도 못 먹지만요.

저는 편식이 심한 편이라 요리를 시작하면서 먹게 된 음식이 꽤 있습니다.

명란, 버섯, 미역, 가지, 다시마부터 치즈케이크, 피자, 파스타… 부끄러워서 다 말할 수 없을 정도입니다. 맛없다고 생각하거나 입에 안 맞아서 먹지 않는 것도 많지만, 식감이나 향 때문에 시도조차 못한 것도 꽤 됩니다. 그동안 뭘 먹고 살았냐는 질문을 받으면 좋아하는 것만 먹었다고 대답했고, 사람들 만날 때는 어떻게 하냐는 질문에는 주변에 착한 사람이 많았다고 대답했습니다. 친절하고 고마운 지인들은 '편식왕'인 저와 약속을 잡을 때 메뉴를 여러 개 정해서 먼저 물어볼 정도였습니다. 처음에는 너무 미안해서 다 괜찮다고 했다가 깨작거리면서 남기거나 예기치 못한 신체 반응 때문에 민폐를 끼치고 나서야 못 먹는 재료나 요리를 고백하고 양해를 구하기로 했습니다. 그래서 오랫동안 알아온 지인들은 제가 못 먹는 재료나 향신료가 들어가지 않은 요리를 골라서 추천해주고, 그동안 꺼려온 재료라도 부담이 적은 요리의 레시피를 구해주었습니다. 그래서 편식이 많이 개선되었지만, 이상하게 카레는 뜻대로 되지 않았습니다.

어렸을 때 아버지가 제 편식을 고치려고 억지로 카레를 먹였는데 결국 삼키지 못해 크게 혼난 적이 있었습니다. 그 일로 카레에 트라우마가 생긴 건가 싶지만 그래도 아버지 때문에 그렇게 되었다고 생각하고 싶지는 않습니다. 카레라는 존재에는 언제나 관심이 있는 데다 꼭 만들어 먹고 싶기 때문이고, 무엇보다 아버지 때문에 못 먹기엔 아까운 요리니까요. 그리고 카레는 '사회성' 혹은 '관계'가 담긴 요리입니다. 어디를 가든, 누구를 만나든, 어디에 속해 있든 카레를 못 먹는 사람은 언제나 저뿐이라서, 그 이야기를 하는 순간 저는 물에 뜬 기름이 된 느낌입니다. 특히 일본에 살면서 '어제의 카레 맛'을 모른다는 건 말이죠…

일본에서 카레는 일상과 같습니다.

제가 니콘 카메라를 사는 계기가 된, 히로키 류이치의 영화 〈걸 프렌드〉는 모델과 포토그래퍼로 만난 두 여자의 유대와 감정을 다룬 차분한 영화입니다. 포토그래퍼 교코와 길거리에서 캐스팅된 미호가 처음 만난 날 촬영을 위해 호텔에 갔을 때, 이를 닦던 미호는 카레를 잘 만든다며 자신만의 카레 레시피를 말합니다. 미호를 찍었던 교코는 시간이 꽤 지난 뒤 그녀에 대한 감정을 깨닫고 전화를 걸어 카레 레시피 이야기를 하면서 영화는 끝이 납니다. 섹스 뒤 침대에 누워 '카레가 먹고 싶다'는 여자의 말에 갑자기 레시피를 줄줄 읊으며 카레에 대한 자신만의 철학을 말하던 조루인 남자가 등장하던 말도 안 되던 B급 영화도 있었고, 카레 종류에 따라 들어가는 감자의 품종과 특징을 아주 상세하게 설명하면서 감자의 텁텁함이 카레에 방해되지 않게 삶는 방법까지 알려주는 만화도 있었습니다.

어느 날 슈퍼에서 "아, 그럼 오늘 저녁은 카레로"라고 누군가와 통화하며 당근과 감자를 장바구니에 담는 사람을 보고 생각했습니다.

나도 오늘 저녁은 카레다.

앞사람을 따라 맥주, 허벅지 살까지 붙어 있는 닭 다리, 양송이 버섯, 당근, 샐러리 그리고 초콜릿을 삽니다.

집에 가자마자 우선 맥주를 냉장고에 넣습니다.

흐르는 물에 잘 씻은 닭 다리는 키친타월로 물기를 닦은 뒤 양념이 잘 스며들도록 살이 두꺼운 부위를 포크로 찌르고 카레 가루 2큰술, 소금, 후추로 밑간을 해서 래핑해둡니다. 잘 익혀 포크로 잘라 먹을 수 있게 당근과 감자는 500원짜리 동전 크기로 자릅니다. 양파와 샐러리는 약 1센티미터 크기로 잘게 자르고, 양송이버섯은 조금 두툼하게 슬라이스합니다. 생강과 마늘도 얇게 슬라이스한 뒤 잘게 다집니다.

프라이팬을 중불로 달구고 올리브오일 1큰술과 버터 20그램을 녹인 다음 다진 마늘과 생강을 볶아 향을 냅니다. 그리고 양파와 샐러리를 넣고 투명해질 때까지 볶습니다. 이렇게 볶은 재료를 바닥이 두꺼운 무쇠솥에 옮겨 담고, 거기에 레드와인 100밀리리터, 치킨 스톡 1개, 케첩 1큰술, 간장 반 큰술, 월계수 잎 1장, 물 400밀리리터를 넣고 중불로 끓이기 시작합니다. 야채를 볶은 기름이 남아 있는 팬에 밑간을 해둔 닭 다리를 중불로 굽습니다. 앞뒤로 조금 짙은 색이 나올 만큼 구운 뒤 수프가 끓고 있는 무쇠솥에 넣습니다. 잘라둔 감자, 당근, 양송이버섯도 함께 넣습니다. 그리고 수프 1큰술을 프라이팬에 부어 팬에 남은 기름기와 맛을 정리한 뒤 그것을 솥에 넣고 중약불로 약 20분간 끓입니다. 수프가 어느 정도 진해졌다 싶으면 시판 카레 가루 70~80그램을 넣고 야채와 닭 다리가 흐트러지지 않게 천천히 잘 섞어줍니다. 전체적으로 기분 좋은 짙은 갈색과 되직함이 돌면 다크초콜릿 10그램을 넣고 마지막으로 조심스럽게 잘 섞은 뒤 불을 끕니다.

식탁에 리넨을 깔고 미리 만들어둔 코울슬로와 피클을 담아 내놓습니다. 접시에 잡곡밥 반 공기를 담고 그 옆에 닭 다리, 감자, 당근을 올린 뒤 카레 수프를 그 위에 전부 붓고 파슬리 가루를 뿌려 마무리합니다. 식탁에 카레가 담긴 접시를 올려놓고 냉장고에서 맥주를, 냉동실에서 잔을 꺼내 함께 놓습니다. 마침 집으로 돌아온 그녀가 서둘러 자리에 앉으면 캔을 따 잔에 맥주를 부으면서 말합니다.

"오늘은 탄두리 치킨 카레를 해봤어."

제 상상은 여기까지입니다. 치킨 카레를 먹어본 적이 없기 때문에 어떤 순서로 어떻게 먹는지 몰라 상상조차 못하는 사람이 바로 저입니다.

언젠가 만나게 될, 제가 만든 카레가 먹고 싶다고 할 사람을 위해 처음이자 마지막으로 만들어본 '카레'였습니다. 닭고기만 조금 잘라 먹었는데도 머리가 아파 왔고 결국 카레는 맛도 볼 수 없었습니다. 회사의 친한 동료에게 사정을 적당히 이야기하고 치킨 카레를 건네줬는데, 그날 집에 가져가 먹어본 동료에게서 '카레를 못 먹는 사람이 만든 기적 같은 카레'라는 호평을 문자로 받았습니다.

좋아하는 사람이 좋아하는 요리를 함께 만들고 먹으면서 그에 대한 추억을 만들지 못한다면 꽤 슬프고 무척 아쉬울 거라 생각합니다. 그래서 카레를 포기 못하는 거겠죠.

영화나 음악을 공유하는 것과 달리 요리는 오감의 기억을 만듭니다.

손에 남겨진 재료의 느낌, 자잘하고 리드미컬한 소음들, 코끝의 향과 혀에 남겨진 맛으로 누군가를 기억하고 추억하는 것.

그래서 저에게 카레는, 언젠가 맞이할지도 모르는 연애의 맛으로 남아 있습니다. 이런 상상조차 카레를 먹어본 적이 없기 때문에 구체적일 수 없는…

　가장 달콤하거나 가장 쓰디쓴, 로맨틱하고 씁쓸한 연애의 맛이겠죠.

21

삶은 무
: 어른의 맛

"넌 삶은 무 같은 걸 왜 먹는 거야?"

아침 8시에 커피 마시러 가자며 저를 데리러 온 친구는 커피를 마시다 뭘 잘못 먹었는지 이렇게 물었습니다.

난 너에게 멘마 같은 걸 왜 먹냐고 묻지 않는데 너는 왜 나한테 그렇게 물어?

친구는 쌍꺼풀 없는 눈을 가늘게 뜨며 저를 한참 바라보다 웃었습니다.

"그래, 내가 생각해도 삶은 무보다는 멘마가 좀 더 하드코어다."

물컹하고 들큼한 맛이 싫어서 삶은 무를 안 먹는다는 친구. 잘 알죠. 그 식감과 그 맛.

저도 같은 이유로 무를 안 먹었습니다. 좀 더 솔직하게 말하면 싫어했습니다. 삶은 무가 저를 괴롭힌 적도 없는데 싫었습니다. 그래서 어렸을 때는 제사 후에 탕국을 잘 먹지 않았습니다. 좋아하는 다른 재료들과 분리할 수 없는 무가 잔뜩 들어 있었기 때문입니다. 국그릇 없이 밥을 먹는 저를 보고 어른들은 왜 이렇게 맛있는 걸 안 먹느냐고 한마디씩 했지만 삶은 무가 싫어서 안 먹는다고는 차마 말하지 못했습니다. 잔소리가 싫어서 가끔 먹긴 해도 삶은 무가 씹히면 뭐라 형언할 수 없는 엉성한 식감과 이도 저도 아닌 맛에 기분이 나빠져 얼른 김치를 입에 넣었습니다. 본연의 맛이 없는 재료를 안 좋아하나 싶었지만, 우뭇가사리로 만든 우무묵 같은 묵은 곧잘 먹는 걸 보면 역시 삶은 무가 그냥 싫었던 겁니다.

편식에 대해서는 그만 말할 때도 됐지만, 요즘처럼 매주 요리를 하다 보면 먹는 이야기를 하게 되고 그러다 보면 인생에서 꽤 지분이 큰 편식 이야기를 빼놓을 수 없습니다. 게다가 지금은 많이 고쳤으니 이야깃거리가 조금 더 늘었죠. 혼자 살다 보면 남에게 어떤 영향을 받는 일이 정말 드뭅니다. 생활 전반을 혼자 꾸려나가고 결정하니 다른 사람들 생활 방식이나 일상 루틴에 대한 글에도 크게 감흥이 없습니다. 가끔 좋은 글을 보고 나도 그렇게 해보고 싶어서 시도해보지만 여유가 많지 않은 일상이라 겨우 붙들고 있는 루틴에 변화를 주는 데도 적잖은 노력이 필요합니다. 특히 먹는 것은 더더욱. 편식을 고치기 위해 먹어보겠다고 다짐한 것들을 식탁에 올리는 데 시간이 걸리는 건, 피곤함을 핑계로 입버릇이 되어버린 '다음에' 때문입니다. 그래도 요리에 대한 관심과 호기심이 많은 덕분에 안/못 먹는 것들이 많이 줄어든 건 정말 다행이라 생각합니다.

예전에 집에 TV가 있었을 땐 요리 버라이어티 프로그램을 즐겨 보곤 했습니다.

각 분야 장인들이 나와서 요리의 기원과 기본적인 조리법 등을 알려주며 자신들 매장을 소개했는데, 처음에는 그들이 요리하는 모습에 푹 빠졌습니다. 그런데 회를 거듭할수록 일본 스포츠 만화 같은 '궁극의 장인 등장'에 슬슬 흥미가 떨어져서, 시오 무스비(쌀밥에 소금으로만 간을 한 기본 주먹밥) 장인 편을 끝으로 보지 않았습니다. 하지만 그 방송 덕분에 지금 삶은 무를 먹고 있습니다.

그 편에는 잡지나 요리책에서 자주 본 일식 장인이 나와 기본 조리법 몇 가지와 무 삶는 방법을 설명했습니다. 무를 고르고 보관하는 방법 등을 알려준 뒤 무를 삶아 내놓았습니다. 김이 모락모락 나는 삶은 무를 한 입 먹은 패널들이 "우와!"하고 소리를 지르고 난리가 났습니다. 지금까지 먹은 건 무가 아니었다는 둥, 절묘한 맛 때문에 기절할 것 같다는 둥…

'하… 아무리 방송이지만 삶은 무를 먹고 저렇게 오버를??'

제 머릿속은 물음표로 가득 찼습니다. 그리고 궁금했습니다. 진짜 어떤 맛이길래?

다음 날 퇴근길에 슈퍼에 들러 무를 하나 사 왔습니다.

고르고 골라 잔뿌리 흔적이 적고 굵기가 일정하게 곧은 것으로. 그리고 인터넷에서 그 장인의 무 삶는 법을 찾아 기계 매뉴얼 보듯이 꼼꼼하게 확인했습니다.

무는 키친타월로 흙먼지 등을 깨끗이 털어내고 단맛이 강한 흰

부분을 3~4센티미터 두께로 자른 뒤 모서리를 칼로 깎아줍니다. 그렇게 하면 맛이 더 잘 스며들고, 삶을 때 모서리가 부스러져 다시나 요리가 지저분해지는 걸 막을 수 있기 때문입니다. 그런 다음 사과를 깎듯이 무 결의 반대로 껍질을 깎으면 준비는 끝납니다.

바닥이 두꺼운 냄비에 제법 귀여워진 무를 넣고 무가 잠길 만큼 쌀뜨물을 붓습니다. 다시에 삶기 전에 쌀뜨물에 먼저 삶으면 맛과 결이 부드러워지고 다시나 간장이 훨씬 잘 스며듭니다. 뚜껑을 덮고 중불로 시작해서 끓으면 약불로 약 30분. 결이 보일 정도로 투명해졌습니다. 이쑤시개로 찔러 조금 뻑뻑하게 들어가면 불을 끕니다. 그리고 다시를 준비합니다. 가쓰오부시와 다시마로 만든 기본 다시지만, 쉽게 구할 수 있는 과립형 혼다시를 써도 됩니다. 평소보다 조금 진하게 우려낸 다시를 무에 붓습니다. 양은 필요한 만큼, 쌀뜨물보다 조금 넉넉하게 붓습니다. 뚜껑을 덮고 중불로 시작해서 끓으면 약불로 약 20분. 불을 끄고 뚜껑을 덮은 채 10분 정도 둡니다. 맛이 좀 더 깊이 스며들게 뜸을 들이는 거죠. 그런 다음 조심스레 무를 건져 그릇에 담은 뒤 다시를 한 국자 끼얹습니다. 무는 아까보다 더 투명해져 섬유질이 다 보일 정도고 다시 색이 스며들어 옅은 금색을 띕니다.

퇴근하자마자 집에 와서 한 시간이나 걸려 만든 삶은 무. 식탁에 무가 담긴 접시를 올려놓고 앉아 내려다봅니다.

내가 무를 삶아 먹다니…

젓가락 한 짝으로 무 한가운데를 찌릅니다. 아무런 저항이 느껴지지 않고 부드럽게 들어갑니다. 그리고 남은 젓가락 한 짝으로 몸통을 가로질러 무를 자릅니다. 그리고 똑같이 한 번 더. 4분의 1로 잘린 무의 단면은 본 적도 없는 백옥 같은 자태였습니다. 다시를 머금어 뽀얗고 투명하게 반짝이는. 조심스레 입에 넣습니다. 입안 가득 따뜻한 다시 향이 느껴졌고 무는 입천장과 혀 사이에서 부드럽게 으스러집니다. 그때 다시의 감칠맛과 무의 단맛이 절묘하게 섞입니다.

어른의 맛.

이 외에 다른 말로 표현할 순 없을 겁니다.

이제는 다시의 감칠맛과 무의 옅은 단맛을 느낄 수 있을 만큼 수많은 경험을 해왔고, 거기에는 시간과 기억이 녹아 있습니다. 그것들은 제 몸에 나이테처럼 새겨져 있고, 그날의 삶은 무도 새로운 나이테를 만들어냈습니다. 그렇게 성장해갑니다.

한 시간의 노동이 만들어낸 자기 최면의 맛이라 해도 좋습니다.
이렇게 맛있는 최면이라면 언제든지, 얼마든지.

일본식 소고기 무 조림

저는 무를 삶은 뒤 식기 전에 랩에 싸서 냉동 보관합니다. 이렇게 해 두면 해동없이 바로 요리에 쓸 수 있습니다. 동네 술집에서 자주 먹던 안주인 소고기 무 조림은 두 재료의 맛을 충분히 즐길 수 있는 요리입니다. 물론 밥반찬으로도 추천합니다.

재료   ◦ 삶은 무 2~3개, 불고기용 소고기 150g

      ◦ 조림 소스 재료 : 간장, 요리용 청주와 미린 각 2큰술, 황
        설탕 2큰술, 물 500ml

요리법   ① 삶은 무는 냉동 상태로 4등분 한 뒤 키친타월로 물기를
        가볍게 닦습니다. 자르기 힘들면 실온에 두고 다른 재료를
        먼저 준비합니다. 소고기는 먹기 좋은 크기로 자른 후 찬물
        에 30분에서 1시간 정도 담가 핏물을 뺀 뒤 키친타월로 물
        기를 제거합니다.

      ② 중불로 달군 프라이팬에 식용유 반 큰술을 두르고 소고
        기를 볶다가 전체적으로 색이 변하면 접시에 따로 꺼내둡
        니다.

      ③ 2번의 팬에 식용유 반 큰술을 두르고 삶은 무를 볶습니
        다. 색이 조금 변했다 싶을 때 조림 소스 재료 중 물을 먼저
        넣습니다. 끓기 시작하면 소고기와 남은 재료를 다 넣고 중
        약불로 줄입니다.

④ 불필요한 거품을 간단히 제거한 뒤 뚜껑을 덮고 약불로
약 10~15분간 더 끓이면 소스가 1/3로 줄어듭니다. 이때
불을 끄고 5분간 뜸을 들인 후 접시에 담습니다.

22

파운드케이크

: 묵직한 달콤함의 치유

작년 10월 말부터 거의 석 달 동안 주말에 파운드케이크를 구웠습니다.

어떤 계기 없이 갑자기 시작했다가 아무런 이유 없이 갑자기 멈췄습니다. 제가 하는 일들 대부분이 이렇게 즉흥적으로 시작되고 끝나지만, 그때의 감정이 실리는 요리는 조금 다릅니다. 특히 파운드케이크는.

겉으로 보이는 이미지 때문에 단것을 싫어하는 줄 아는데, 결코 그렇지 않습니다. 그럼 좋아하느냐고 물으면 설명이 조금 길어집니다. 젤리와 초콜릿바 스니커즈를 좋아하고 앉은자리에서 혼자 조각 케이크를 서너 개 먹을 정도지만, 스타벅스 프라푸치노 같은 음료는 마신 적이 없고 생크림 케이크도 별로 안 좋아합니다. 이런 애기를 들으면 사람들 표정이 조금 묘해집니다. 정말 이렇게까지 구체적으로 편식할 이유가 있을까… 같은. 그리고 지속적인 운동을 못하기 때문에 유제품과 당질을 필요 이상 먹지 않는 식이 조절을 3, 4년째 해오고 있습니다. 코로나 이후 밖에서 누군가를 만난 것 자체도 손에 꼽을 정도인데, 그나마 가끔 만나는 친구도 케이크보다는 샌드위치나 햄버거를 좋아해서 그런 걸 먹을 일이 줄기도 했죠. 그러다 보니 자연스럽게 케이크에 대한 욕망이 사라졌나 싶었습니다. 하지만 불행인지 다행인지 잠재의식 밑바닥에 눌러둔 욕망이 서서히 차오르면서 어느 날 버튼을 누릅니다.

몇 년 전 5월, 센다가야에 있는 유명한 셀렉트 숍 '론 허먼'의 카페에서 굉장히 진한 드립 커피와 레몬 파운드케이크를 먹던 기억도 냉장고에 붙여둔 사진처럼 어느 날 그렇게 불쑥 떠올랐습니다.

주말에 자전거를 타고 가로수가 울창한 길을 지났고, 매장 입구에 개를 묶어두는 곳에서 주인을 기다리던 테리어와 5월의 햇살을 그냥 지나칠 수 없었습니다. 그래서 그 모습을 좀 더 보려고 자전 거를 가로수에 세운 뒤 카페에 들어가 커피와 오늘의 추천 메뉴인 레몬 파운드케이크를 주문합니다. 레몬 필이 들어간 아이싱을 두 껍게 입힌 파운드케이크를 포크로 잘라 한 입 먹고 커피를 한 모 금 마십니다. 레몬 향이 입안 가득 퍼지면서 아찔할 정도의 당도 가 혀에 느껴질 때 진한 커피가 들어오면서 정신을 잃지 않게 해 줍니다. 눈물 날 정도로 맛있지는 않았습니다. 오히려 너무 달아 서 커피 없이는 먹기 힘들 정도였지만, 그때 그 향과 맛, 그 장면이 이상하게 뇌리에 박혀버렸습니다.

일요일 아침에 일어나 지난주와 달리 선선해진 공기를 느끼자 코끝에서 버터 향이 맴돌았습니다. 따뜻하고 푸근한 케이크의 버 터 향.
아침으로 팬케이크를 먹으려다가 파운드케이크로 바꿨습니다.

파운드케이크.
밀가루, 달걀, 버터, 설탕을 1:1:1:1의 비율로 섞어 만든 반죽을 둥근 틀이나 네모난 틀에 채워 구운 버터케이크의 한 종류입니다. 기본 배합이 약 450그램, 즉 1파운드 단위라서 그런 이름이 붙었죠. 450그램의 반죽에 네 가지 재료가 동일하게 112~113그램씩 들어갑니다. 밀가루와 달걀을 113그램 준비해두고 버터와 설탕을 113그램씩 개량하다 보면 이걸 이만큼 먹는다고??? 싶은 마음의 울림이 귓가에 퍼집니다. 설탕을 산처럼 쌓아도 저울에 적힌 숫자는 아직 100그램이 되지 않은 걸 믿을 수가 없습니다. 그래, 이래서 파운드케이크를 끊었지.

볼에 담긴 설탕 양을 보고 포기할까 싶었지만, 그날은 파운드케이크가 너무 먹고 싶었습니다.

기억에 남아 있는 레시피를 떠올리면서 버터와 설탕으로 버터크림을 만들었고, 달걀과 버터크림이 분리되지 않게 빠르게 저은 뒤 밀가루와 베이킹파우더를 섞어 케이크 틀에 붓습니다. 그리고 예열된 오븐에 넣어 180도에서 50분간 굽습니다.

느긋하게 침대에서 나와 충동적으로 만든 케이크 반죽을 오븐에 넣고 나니 11시가 넘었습니다. 설거지를 하고 부엌을 정리한 뒤 식탁에 앉아 음악을 들으며 오븐의 타이머 소리를 기다립니다. 어느새 집 안 가득 따뜻하고 고소한 버터 향이 가득 찹니다. 간절히 원했던 바로 그것.

한 주가 지나면 11월이지만, 도쿄의 10월은 아직 여름 향기가 묘하게 남아 있는 가을을 느낄 수 있는 절묘한 간절기입니다. 식탁에 들어오는 햇살이 깊어질수록 여름은 멀어지고 가을이 지나가고 겨울이 다가옵니다. 식탁에 들어온 햇살은 다채롭고 멋진 풍경을 만들어내지만, 그럴수록 한 해의 끝은 가까워오고, 올해도 이렇게 허둥지둥 보내는 게 슬퍼집니다.

그동안 뭘 했는지 되짚으려는 찰나, 타이머가 울립니다. 오븐을 열자 그럴싸하게 위가 터진 파운드케이크가 보입니다. 오븐 장갑을 끼고 케이크 틀을 식힘 망에 올린 뒤 기다립니다. 레몬 필이 들어간 아이싱을 쓰고 싶었지만, 반죽에 넣은 설탕 산을 보고 마음을 바꿔 아이싱 대신 레몬 슈가 시럽을 발랐습니다.

이미 1시가 다 되었고 빨리 먹고 싶었기 때문에 완전히 식을 때까지 기다리지 못하고 온기가 아직 남아 있는 케이크를 잘랐습니다. 뜨거운 열기를 머금어 밀도가 떨어졌고 파운드케이크 특유의 단단함이 없었습니다. 갑자기 만든 거니까 괜찮다고 변명하면서 포크로 모서리를 잘라 입에 넣습니다. 또 한 번 더 잘라서 한 입 더 먹습니다. 그리고 커피를 마십니다.

그렇게 먹고 싶었던 파운드케이크를 만들어 먹었지만, 이상하게 기분은 파운드만큼 가라앉는 것 같았습니다. 가끔 떠오르던 기억 속 레몬 파운드케이크와 커피의 맛과 향과는 연결되지 않는, 묘한 분리감. 파운드케이크는 기본 맛이었고 커피 또한 기본 맛이었지만, 그날 그 기분을 만들어주진 못했습니다. 머리가 아플 정도로 단맛을 느끼고 싶지도 않았고, 속이 쓰릴 정도로 진한 커피가 마시고 싶지도 않았지만, 원하는 걸 만들어 먹고 마셔도 알 수 없는 공허함이 채워지지 않았습니다. 이유를 찾아내 해결하고 싶어도 실마리가 어디 있는지조차 알 수 없었습니다. 결국 커피를 두 번 내려 마시며 앉은자리에서 케이크를 다 먹었지만, 파운드의 무게만큼 가라앉은 기분의 공백은 채워지지 않아, 그날은 새벽 3시가 넘어서야 겨우 잠들 수 있었습니다.

요즘은 요리를 거의 하지 않습니다.

지금처럼 힘들고 바쁜 적이 없었던 탓에 난생처음으로 번아웃을 겪고 있고, 조금은 낯선 무기력증에 빠진 것 같습니다. 아침에 눈을 뜨면 눈앞에 있는 여인초 잎을 한참 바라보다 겨우 일어나 체중계에 올라섭니다. 숫자가 점점 줄어들어 불안한 마음에 뭔가 해 먹을까 하다가도, 모래를 가득 문 듯 까칠한 입맛과 이미 늦어버린 시간 탓에 아침 대신 커피와 프로틴 셰이크, 여덟 가지 건강 보조제를 입에 털어 넣고 출근합니다. 집에 오는 길에는 회사 일을 잊기 위해 아이폰을 들고 게임을 하거나 유튜브를 봅니다. 뭔가 놓치고 있다는 건 알지만, 다시 붙잡을 여유는 없는 기분이 한 달 내내 떠도는 것 같습니다. 뭔가 다른 공기가 주변에 머물러 있는 기분, 그런 공기 주머니 안에 갇힌 기분. 그리고 이런 기분을 작년 10월 말 일요일 아침, 파운드케이크를 앞에 두고 느꼈다는 걸 깨달았습니다. 그땐 지금처럼 번아웃도 무기력증도 없었지만, 그때 느낀 어떤 공백의 공기가 사라지지 않고 지금까지 이어져왔고, 아직도 그걸 메울 방법을 못 찾고 있는 것 같습니다.

다행히도 뭔가 먹고 싶다는 생각이 조금씩 들기 시작했고, 이런 생활에 대한 리듬을 어느 정도는 알게 되었습니다. 전처럼 다시 빡빡하게 루틴을 잡기는 쉽지 않겠지만, 낯선 공기 주머니에 갇혀 당황하는 시간은 이제 마무리해야 할 것 같습니다.

그렇게 해야만 하고 그렇게 하고 싶습니다.

레몬 파운드케이크

버터와 설탕 양에 대한 죄책감을 한 번에 날릴 만큼 상큼한 향과 맛이 일품인 레몬 파운드케이크입니다. 레몬 아이싱을 올려도 좋고 레몬 슈가 시럽을 발라도 좋습니다. 배고플 때 만들지 않는 게 팁입니다. 다 구운 뒤 한 김 식혀서 냉장고에 넣어둬야 하거든요. 차갑게 반나절 혹은 하루를 지낸 레몬 파운드케이크의 맛은 정말 잊기 힘들 겁니다. 케이크 접시 옆에는 커피도 좋고 화이트 에일 맥주도 좋습니다.

재료   (18cm짜리 파운드케이크용 틀 기준)

박력분 160g, 버터 160g, 황설탕 150g, 베이킹파우더 6g, 소금 2g, 달걀 2개, 우유 100ml, 레몬 큰 것 1개, 레몬 아이싱용 슈가 파우더 100g

* 케이크 반죽 전에 미리 해두면 좋은 것

버터와 달걀은 제일 먼저 꺼내 계량한 뒤 상온에 둡니다. 가루 재료들은 한 번에 다 섞어 체 쳐둡니다. 레몬은 제스트를 만들어 반으로 나누고, 남은 레몬으로 즙을 짜 역시 반으로 나눠둡니다. 이렇게 반씩 나눈 레몬 제스트와 즙은 케이크 반죽과 글레이즈용으로 씁니다. 케이크 틀에 버터를 바르거나 유산지를 깔아둡니다. 오븐은 180도로 예열합니다.

① 레몬 제스트 절반을 황설탕과 섞어 레몬의 맛과 향을 좀 더 깊게 만듭니다. 달걀은 반죽에 섞이기 쉽게 적당히 풀어둡니다.

② 실온의 버터를 볼에 넣고 핸드믹서 등으로 크림 상태로 만든 다음 1의 설탕을 2~3회 나눠 잘 섞습니다. 달걀 역시 2~3회 나눠 섞습니다.

③ 2에 미리 체 쳐둔 가루 재료를 두 번에 나눠 넣은 뒤 우유를 붓고 잘 섞습니다. 핸드믹서를 쓸 때는 저속으로 반죽이 크림처럼 보일 때까지만 섞습니다. 마지막으로 레몬 즙 절반을 넣고 잘 섞어줍니다.

④ 케이크 틀에 반죽을 다 붓고 틀을 바닥에 가볍게 내리쳐 속에 있는 공기를 뺍니다. 그런 다음 스크래퍼로 반죽 가운데를 양끝으로 몰아 윗면을 정리합니다.

⑤ 180도 오븐에서 40분간 구운 뒤 이쑤시개 등으로 찔러 반죽이 묻어나오지 않는지 확인한 다음 틀에서 꺼내 식힙니다.

⑥ 작은 그릇에 아이싱용 슈가 파우더와 남은 레몬 제스트, 레몬 즙을 넣고 슈가 파우더가 보이지 않을 때까지 잘 섞어 글레이즈를 만듭니다. 글레이즈는 케이크가 완전히 식은 뒤 발라줍니다.

23

나베의 온도

: 행복이라 말하지 않아도

얼마 전, 월간지를 만드는 팀으로 부서 이동을 했습니다.

그동안 계간지를 만들면서 조금 긴 호흡으로 작업을 해왔는데, 월간지로 넘어온 뒤로는 한 달째 턱밑까지 차오르는 숨을 고르며 일하고 있습니다. 반팔에 카디건, 그 위에 얇은 간절기 코트를 입고 부서 이동 통보를 받았는데 정신을 차려보니 어느덧 겨울 코트 생각이 나는 12월을 앞두고 있습니다.

아침 9시부터 시작되는 제작 회의는 저녁 9시 직전에 끝나기도 하고, 자리에 앉아 작업하는 시간보다 회의 때 오간 자료를 다시 정리하는 시간도 많아졌습니다. 타이트한 톱니처럼 돌아가는 팀에서 돌부리가 될까 봐 팀원들보다 먼저 출근해서 일을 조금이라도 빨리 숙지하려다 보니 아침 식사를 전처럼 여유롭게 챙겨 먹지 못합니다. 프로틴 셰이크와 삶은 달걀 혹은 파스타로 간단하게 먹으니 계절이 바뀐 것을 식탁이 아닌 찬바람으로 느꼈습니다.

가을, 겨울 평균 기온이 10~15도이니, 어떻게 보면 도쿄는 여름과 가을이 긴 곳인 것 같습니다.

도쿄의 가을은 10월이 되어도 종종 20도가 넘곤 하는데, 작년에는 11월에도 20도가 넘는 날이 있었습니다. 관서 지역보다 단풍도 늦게 드는 편이고 11월 말에서 12월로 넘어가는 즈음에야 겨울 같은 날씨가 시작될 때도 있습니다. 도쿄의 은행나무는 11월 중순쯤 황금색으로 변하기 시작하니, 신주쿠 교엔의 단풍도 아직 절정에 다다르지 않았을 때입니다. 하지만 길거리에선 목도리를 두른 사람이나 패딩을 입은 사람들도 쉽게 볼 수 있으며 그 사이에서 셔츠 한 장만 입은 사람을 발견하는 것도 그다지 어렵지 않습니다. 낮에는 덥고 아침저녁으로 쌀쌀한 전형적인 초가을 날씨가 10월부터 11월 말까지 이어지고, 아마 12월이 되어도, 심지어 다음 해 1월이 되어도 영하로 떨어지는 날은 많지 않을 겁니다. 그럼 대체 도쿄의 겨울은 언제 올까요?

도쿄는 서울처럼 '살을 에는 듯한' 추위는 없지만, 꽤 스산한 겨울 날씨를 느낄 수 있습니다.

여름에 비하면 건조해도 섬나라 특유의 습한 공기는 겨울에도 여전합니다. 뼛속까지 으슬으슬한 습한 추위와 바깥보다 더 춥게 느껴지는 실내는 익히 알려진 일본 겨울의 특징입니다. 아침에 눈을 떠 공기가 유독 춥다 싶어 스마트폰의 날씨 앱을 열어보면 기온은 영상이지만 체감온도는 영하 5도 혹은 영하 7도까지 떨어질 때가 있습니다. 일본에 온 지 10년이 넘어서 이젠 한국 추위가 어땠는지 기억이 희미할 정도라 그만큼 춥다고 할 수는 없어도, 따뜻하다고 방심하다 맞게 되는 도쿄의 겨울은 숫자로 보는 기온과 생활에서 겪는 체감온도의 차가 큰 너무나도 이중적 계절입니다. 홋카이도처럼 눈이 많이 내리진 않아도, 한겨울이라고 하기에는 조금은 민망한 3월에 폭설이 내리기도 하니까요.

한겨울에도 영하로 잘 떨어지지 않지만, 사람들은 12월이 되면 고타쓰를 꺼내고 탕파를 준비하고 나베 요리를 합니다. 개인적인 취향으로 고타쓰 대신 식탁을 뒀고, 탕파 대신 침대와 좋은 이불을 쓰고 있지만, 나베는 사지 않을 수 없었습니다.

저는 전골이나 찌개를 즐기는 사람은 아니었습니다.

요리가 담긴 냄비에 다른 사람 숟가락이 드나드는 게 싫어서 전골이나 찌개를 피하게 되었고 그러다 보니 수제비나 국밥 말고는 뜨거운 국물 요리를 먹는 일이 별로 없었습니다. 그러던 중 도쿄로 와서 일본인 지인의 집에 초대받아 본격적인 일본 가정식을 맛보았고 그 매력에 빠지게 되었는데, 그게 바로 나베 요리입니다.

요리와 살림을 즐기는 C는 가끔 저녁 식사에 저를 초대했는데 그때마다 C가 해주는 일본 가정 요리가 참 좋았습니다. 카페나 식당에서 파는 것처럼 화려하거나 근사한 재료가 들어가진 않았지만, 오랫동안 가정에서 보고 배우고 익혀서 만들어낸 요리라는 느낌이 좋았습니다.

일본에 온 지 얼마 되지 않던 해의 이맘때였습니다. 어느 토요일 저녁, 일 때문에 집 근처에 왔던 C가 자기 집에서 같이 저녁을 먹자길래 흔쾌히 승낙하고 같이 차를 타고 가서 장을 봤습니다.

"김상, 뭐 먹고 싶은 거 있어?"

C의 질문에 선뜻 대답을 못하고 주저하고 있었습니다.

"나베 어때?"

아직 본격적으로 맛본 적이 없는 요리라 먹어보고 싶다고 했습니다. C는 웃으면서 "역시 이 계절에는 나베 요리지!"라면서 닭고기, 야채, 버섯 등과 유즈 폰즈를 장바구니에 담았습니다. 그때 기억을 되살려 이 글을 쓰는 동안, 장을 보고 집으로 돌아와 곧바로 익숙한 손놀림으로 재료를 준비하는 C를 보면서 나는 언제쯤 저렇게 할 수 있을까 부러워했던 게 생각납니다.

나베에 물을 붓고 마른 행주로 잘 닦은 다시마를 넣어 육수를 끓입니다. 육수가 만들어지는 동안 C는 흐르는 물에 조심스레 씻은 닭 다리 살을 먹기 좋은 크기로 자릅니다. 껍질을 벗긴 무는 두툼하게 자르고 육수가 잘 스며들도록 모서리를 깎습니다. 배추, 청경채, 새송이버섯도 먹기 좋은 크기로 자르고, 팽이버섯과 만가닥버섯은 큼직하게 잘라둡니다.

"당근 괜찮지?"

좋아한다고 많이 넣어달라고 했더니 "많이 넣으면 국물이 쓸데없이 달아지는데…"라면서도 옆에 남겨둔 당근 반 개를 집어 들던 C.

다시마 육수가 다 되면 중불로 계속 끓이다가 작은 거품이 올라오기 시작하면 닭고기를 넣습니다. 거름망으로 능숙하게 기름을 걷어내고, 닭고기가 거의 다 익을 즈음에 손질한 야채를 넣고 약불로 줄인 뒤 뚜껑을 닫습니다. 그동안 저는 방을 정리하고 좌탁 위에 가스버너를 올리고 C가 하라는 대로 수저와 앞접시와 폰즈 등을 놓습니다. 그렇게 테이블이 준비되자 C는 나베를 가스버너 위에 올리고 남은 고기와 야채를 큰 접시에 담아 옵니다. 그리고 저는 냉장고에서 캔 맥주와 컵을 챙깁니다.

따뜻하고 푹신한 다다미가 깔린 방에 놓인 좌탁의 가스버너에서 연신 끓고 있는 나베. 그 나베의 따뜻한 공기와 맛있는 냄새가 온 집 안에 퍼지면서 이제 요리가 다 되었음을 알 수 있었습니다. 어디서나 볼 수 있는 적당히 낡은 좌탁에 놓인, 너무나도 평범한 재료로 만들어낸 보통의 나베와 차가운 맥주.

그동안 일본 영화나 드라마에서 봐오던 풍경이 눈앞에 펼쳐졌죠. 나베 뚜껑을 열자 세상에서 가장 행복한 사람만 볼 수 있는 모습이 아닐까 싶은, 정말 맛있어 보이는 나베 요리가 완성되었습니다.

"잘 먹겠습니다!"

나베가 내는 뽀글거리는 소리에 맞춰 캔 맥주를 따고 시원하게 식혀둔 컵에 따릅니다.

오늘도 수고 많았습니다!

건배를 하고 맥주를 한 모금 들이킵니다. 하아! 감탄사가 저절로 나옵니다.

"자, 이제 닭고기와 야채를 건져 폰즈에 찍어 먹으면 돼."

C의 말대로 앞접시에 닭고기와 야채를 덜어 폰즈에 찍어 먹은 다음 차가운 맥주를 한 모금 마셨습니다.

맛있다는 흔해 빠진 단어로 표현하기에는 아까운 맛이었습니다. 그 나베에 담긴 것은 맛뿐만이 아니었습니다. 요리의 맛, 그날 그곳의 공기와 그 집의 풍경, 나베를 만들던 C의 모습. 그때 그곳에 있는 모든 것들이 어우러진 그 맛은, 그 순간이 아니면 절대 만들어낼 수 없는 유일무이한 것이었습니다. 그 맛을 지금도 잊을 수 없습니다. 그리고 그날 C의 집에서 먹은 나베 요리는 세가 노쿄의 겨울을 즐길 수 있는 큰 모티프가 되었습니다.

계절에 맞는 요리를 만들 수 있다는 것은 일상에 즐거움을 더하는 일입니다. 바람이 차가워지는 계절이 되면 동네 술집에 들러 오뎅이나 소 힘줄 조림을 선 채로 먹는 즐거움 또한 빼놓을 수 없지만, 그보다 즐거운 것은 차가운 낮 공기를 추워서 못 견디겠다 싶을 때까지 느끼다 집으로 돌아가 따뜻한 요리를 만들어 맥주와 함께 즐기는 것입니다.

그래서 한겨울 공원은 한여름 공원과는 또 다른 느낌으로 좋아
합니다.

　겨울 공원은, 쓸쓸하지만 묘하게 따뜻한 느낌이라고 하면 이상
할까요? 잔디는 갈색으로 변했고 나무엔 잎도 다 떨어져 앙상한
가지만 남아 있습니다. 볕이 좋은 날, 겨울 공원에 갈 때는 작은 오
리털 담요를 한 장 더 챙깁니다. 좋아하는 나무 밑에 자리를 잡은
뒤, 바닥에 조금 두툼한 담요를 깔고 그 위에 누워 오리털 담요를
덮고 음악을 듣습니다.

　코끝은 점점 차가워지고, 아이들이 재잘거리는 소리, 누군가 지
나가는 듯 마른 풀이 내는 사각사각 소리, 희미하게 지나가는 자
전거의 체인 소리 같은 공원의 듣기 좋은 소음이 귀에 꽂은 이어
폰에서 흘러나오는 음악과 묘하게 어우러져 자장가처럼 들리고
그렇게 공원에서 기분 좋은 한겨울 낮잠에 빠집니다. 공원의 또
다른 구성원인 비둘기가 와서 제 가방을 쪼는 소리에 잠이 깨 눈
을 떠보면 슬슬 해가 집니다. 일본은 해가 빨리 뜨는 만큼이나 빨
리 집니다. 10월이 넘어가면 3, 4시만 되어도 어두워지기 시작하
고 5시쯤에는 이미 저녁인가 싶을 정도가 됩니다. 3시쯤 자리에서
일어나 담요를 털어 가방에 넣고 공원을 빠져나와 근처 슈퍼로 향
합니다. 따뜻한 오뎅과 맥주를 먹어야겠다고 생각했기 때문이죠.

이 계절이 되면 슈퍼에선 수많은 나베 요리 재료를 볼 수 있습니다.

물만 있으면 간단하게 먹을 수 있는 레토르트 제품, 잘 익은 소 힘줄과 뭉근한 무와 시원한 국물까지 포함된 오뎅 세트가 있지만, 제가 원하는 것만 먹고 싶기 때문에 재료를 다 따로 구매합니다. 그게 바로 집에서 만들어 먹는 묘미잖아요. 문어, 가리비, 소라도 넉넉하게 삽니다. 오징어가 들어간 오뎅, 콩이 들어간 오뎅, 우엉이 들어간 오뎅을 사고, 맥주도 여섯 개들이 한 팩을 삽니다.

집에 오자마자 맥주잔을 냉동실에 넣어두고, 좋아하는 음악을 찾아서 틉니다.

가쓰오부시와 다시마로 국물을 끓이는 동안 냉동실에 넣어둔 삶은 무를 꺼내고, 해산물을 손질해서 꼬치에 끼우는 등 이런저런 준비를 하다 보면 집 안에선 꽤 맛있는 냄새가 나기 시작합니다. 바깥은 이미 어두워졌고, 따뜻한 실내 공기 덕에 창에 작은 물방울이 맺히기 시작합니다. 나베에 준비한 재료를 담고 만들어둔 국물을 부어 식탁에 준비한 가스버너에 올리고 불을 붙입니다. 앞접시, 간장 종지 등을 준비해서 가지런히 놓고 나베가 끓기 시작하면 냉장고에서 맥주와 맥주잔을 꺼내 첫 잔을 채웁니다.

제일 먼저 소라 한 꼬치와 콩이 든 오뎅을 앞접시에 덜고, 맥주부터 한 모금 마십니다. 얼음처럼 차가운 맥주 한 모금은 요리하면서 더워진 몸속으로 들어가 등줄기까지 차갑게 만듭니다. 그리고 따뜻한 소라와 오뎅을 먹습니다. 그리고 다시 맥주 한 모금.

따뜻한 공간에 좋아하는 음악이 흐르고 앞에서는 오뎅이 가득 든 나베가 끓고 손에는 차가운 맥주잔이 있습니다.

행복이라고 굳이 말하지 않아도 되는 그런 순간.
저는 이렇게 도쿄의 겨울을 즐기고 있습니다.

스키야키 나베

달고 진득한 간장 맛이 일품인 스키야키는 사시사철 즐길 수 있는 요리입니다. 목 넘김이 좋은 맥주와 함께라면 더 훌륭하죠. 스키야키 전용 팬이 없어도 나베로 충분히 그 맛을 낼 수 있습니다. 일본 드라마처럼 넣는 순서엔 집착하지 말아요. 요리는 즐거워야 하니까요.

재료　　° 소고기 등심 200g, 두부 한 모, 대파 1개, 실곤약 100g, 팽
　　　　이버섯 반 개, 표고버섯 2개, 쑥갓 100g, 달걀 1개

　　　　° 스키야키 소스 재료 : 간장 50ml, 미린 50ml, 황설탕 2큰
　　　　술, 물 50ml

요리법　① 두부를 먹기 좋은 크기로 잘라 키친타월로 물기를 뺀 다
　　　　음, 중불로 가열한 팬에 기름을 두르고 앞뒤로 구워냅니다.
　　　　소금은 뿌리지 않습니다.

　　　　② 핏물을 뺀 소고기는 키친타월로 물기를 제거합니다. 구
　　　　운 두부는 먹기 좋은 크기로 자르고, 파는 약 2cm로 자릅
　　　　니다. 실곤약은 끓는 물에 가볍게 데친 뒤 물기를 빼둡니
　　　　다. 팽이버섯은 먹기 좋은 크기로 뜯어두고, 표고버섯은
　　　　밑둥을 제거한 뒤 반으로 자릅니다. (버섯이 너무 작으면 졸
　　　　아들어 맛을 즐길 수 없으니 평소보다 크게 자릅니다.) 쑥갓은
　　　　5cm 길이로 자릅니다. 소스 재료는 작은 볼에 미리 섞어둡
　　　　니다.

③ 중불로 달군 나베에 식용유를 가볍게 바릅니다. 나베가 달궈지면 파를 먼저 넣습니다. 파 향이 나면 소고기를 넣어 살짝 구운 뒤 소스를 붓고 약불로 줄입니다.

④ 나머지 재료를 넣어 적당히 위치를 잡은 뒤 중불로 조리고, 구운 두부는 맛이 잘 스며들게 뒤집어줍니다. 재료의 색이 진해지고 소스에 윤기가 돌면 불을 끕니다. 달걀 노른자를 앞접시에 담아 고기와 두부, 야채를 찍어 먹습니다.

24

오뎅 나베와 가라아게
: 함께 먹을 수 있다는 기쁨

오늘 오랜만에 친구들과 같이 집에서 술을 마셨습니다. 이 글을 쓰는 시간이 새벽 2시 15분이니 이미 어제가 되었지만요.

코로나 이후 누군가를 집으로 초대한 건 처음이니 거의 1년 9개월 만입니다. 그전에는 친구나 지인을 집으로 불러 같이 먹고 마시는 걸 즐겼습니다. 늘 평범한 1인분짜리 식사를 만들던 저에게는 타인을 위한 요리를 할 드문 기회라서 그동안 해보고 싶었던 레시피로 만들어봤습니다. 귀찮지 않냐는 이야기도 종종 듣지만, 오히려 그런 일이 좀 더 있었으면 좋겠다고 생각할 정도니, 누군가의 표현처럼 저는 어쩌면 타고난 '주는 사람'인 것 같습니다.

지난주 내내 밤 10시가 되어서야 퇴근하고 어떤 날은 두 시간 동안 걸어서 집에 왔는데도 그다지 피곤을 못 느낀 것도 주말에 대한 기대감 때문이었습니다. 장 볼 시간이 거의 없어서 아쉽게도 예전처럼 '각 잡고' 다양한 요리를 하진 못했지만, 그래도 이제는 편하게 누군가와 떠들면서 먹고 마시는 '다음'을 기약할 수 있다는 것만으로도 한동안 잊고 있던 즐거움을 되찾은 기분입니다.

어제 준비한 저녁은 간단하게 만들 수 있는 오뎅 나베와 가라아게였습니다.

오뎅 나베는 별다른 준비가 필요 없고 테이블에서 조리하면서 함께 즐길 수 있다는 장점이 있습니다. 그리고 가라아게는 고기 밑간만 해두면 튀기는 과정 하나로 끝나기 때문에 시간이 없을 때 준비하기 좋습니다. 물론 제가 자주 해 먹다 보니 손에 익어서 그렇게 할 수 있는 거겠죠. 엊그제 금요일에도 10시가 되어서야 퇴근했지만, 기분 좋게 차가운 밤공기가 마음에 들어 장도 볼 겸 걸어서 왔습니다.

　24시간 문을 여는 업소용 슈퍼에 들러 오뎅 등을 샀고 마침 생문어 다리가 있길래 삶는 것부터 도전해볼 생각으로 집어 들었습니다. 품절된 소고기 힘줄 대신 닭 꼬치를 만들어 넣을 생각으로 미끈하고 두툼한 대파도 샀습니다. 이렇게 슈퍼를 몇 군데 들러 집에 오니 1시가 다 되었습니다. 일단 외투를 벗고 손을 씻은 뒤 바로 부엌으로 가서 사 온 재료들을 정리해 냉장고에 넣고 냉동실에서 닭 허벅지 살과 가슴살을 꺼내 냉장실로 옮겼습니다. 조금 큰 양수 냄비를 꺼내 물을 2리터 붓고, 행주로 깨끗하게 닦은 다시마를 20그램 넣어두면 밤새 냉침해 육수가 만들어집니다. 이렇게 다 하고서야 샤워를 하려는데 그때까지 모자와 마스크는 쓴 채였다는 걸 알고는 정말로 요리에 진심임을 새삼 깨달았습니다.

　아침에 일어나자마자 냉장고에서 닭고기를 꺼내고, 밤새 냉침한 다시마 육수는 중불로 가열해 끓기 직전에 다시마를 건져내고 가쓰오부시를 40그램 넣습니다. 이렇게 5분 정도 끓인 뒤 불을 끄고 가쓰오부시를 건져냅니다. 어느새 따뜻한 공기와 함께 다시의 맛있는 향이 집 안에 감돕니다.

무 10센티미터와 당근 두 개를 준비해 가라아게와 함께 먹을 피클을 만듭니다.

식초와 물, 황설탕을 동량으로 잡고 피클 시즈닝을 넣어 끓인 뒤 얇게 채 썬(시간이 없고 당일에 먹어야 하기에) 무와 당근에 붓습니다. 여기에 레몬 한 개 분량의 즙과 제스트도 넣어주면 향과 맛이 훨씬 좋아집니다. 그리고 오뎅 나베와 함께 먹을 양파지도 만듭니다. 일반적으로 간장, 식초, 물, 황설탕을 동량으로 잡지만, 저는 간장 대신 유즈 폰즈를 넣어 감칠맛과 향을 더해줍니다. 양파와 고추를 먹기 좋은 크기로 잘라 용기에 담은 뒤 끓인 초 간장 물을 붓고 피클과 함께 실온에서 식힙니다. 다시 향과 시큼 달콤한 피클 향이 섞여 집 안에 가득하면 굉장히 뿌듯해집니다.

부엌 작업대를 정리하고 이제 집 청소를 시작합니다.

집에 누군가를 초대하면 그동안 바빠서 못한 대청소를 하게 됩니다. 화장실부터 베란다까지. 매일 조금씩 청소한다고 생각했지만, 머리카락은 대체 어디서 이렇게 나오는지, 이만큼 빠졌는데도 대머리가 안 된 게 신기할 정도입니다. 오랫동안 물이 닿은 적 없는 화석 같은 걸레에 물을 적시다 조금 슬퍼졌습니다. 누군가가 집에 오고 그래서 이렇게 청소를 하는 게 너무 오랜만이라는 것,

그동안 내가 정말로 마음의 여유가 없었다는 것을 깨달았기 때문입니다. 무엇보다 불안하고 초조한 모습은 남에게 보여주기 싫었어요. 지금이라고 여유가 넘치고 마음이 편해진 건 아니지만, 예전에 했던 일들을 조금씩 다시 하면서 그때 기분을 다시 느껴보고 싶었습니다. 걸레질을 하면서 집 안 구석구석을 다시 살펴며 느슨해진 것들은 다시 조이고 더러워진 것들은 깨끗하게 닦습니다. 손가락 끝에 힘을 모아 언제, 무엇 때문에 생겼는지 알 수 없는 마루의 짙은 얼룩을 닦아내면서, 내 마음엔 어떤 얼룩이 남아 있는지, 그 얼룩은 어떻게 지울 수 있는지… 이런 것들이 궁금해졌습니다.

청소를 마친 뒤 베란다와 방의 창문을 다 열어 차가운 공기로 환기를 시킨 다음, 샤워를 합니다. 집을 청소했으니 저도 깨끗하게 씻어야죠. 그리고 좋아하는 향수를 뿌리고 좋아하는 청바지와 스웨트셔츠를 입고 냉장고에서 맥주를 꺼내 부엌 작업대 앞에 섭니다. 이 순간과 이 기분을 정말 좋아합니다. 깨끗해진 집에서 맥주와 함께 시작하는 주말 요리.

완전히 해동된 닭고기는 흐르는 물에 씻어 물기를 적당히 제거한 뒤 다시마 가루 3큰술을 뿌려 밑간을 한 다음 한 시간 정도 둡니다. 다시용으로 나온 다시마 가루는 닭고기 잡내를 잡아주고 감칠맛을 더해주기 때문에 가라아게는 반드시 이렇게 밑간을 합니다. 한 시간 뒤 다시마 가루가 다 녹아 스며들면 먹기 좋은 크기로 자릅니다. 닭 허벅지 살 세 장 기준으로 닭 육수 분말 1큰술, 후추와 소금 적당량을 뿌리고, 간 생강 1작은술과 마늘 1큰술을 넣어 손으로 잘 주물러 섞어둡니다. 가라아게에 곁들일 감자튀김도 준비합니다. 흙을 잘 씻어낸 주먹 크기의 감자는 껍질 채 전자레인지에서 600W 기준 2분을 돌려 속을 먼저 익힙니다. 그런 다음 웨지 스타일로 잘라 소금을 뿌려둡니다. 여기까지 해두면 손님이 온 다음 튀기기만 하면 됩니다.

그리고 오뎅 나베 재료를 준비합니다.

달걀을 삶아 식혀두고, 냉장고에 넣어둔 재료들과 지난주에 만들어 냉동한 삶은 무도 꺼냅니다. 언제나 준비하던 소고기 힘줄 대신 파와 다시마 가루에 재운 닭 가슴살을 한 입 크기로 잘라 꼬치에 끼워 네기마를 준비합니다. 저는 오뎅 나베에 해물을 넣는 걸 좋아합니다. 일본식 오뎅 나베처럼 떡이 들어 있는 유부 주머니나 푹신한 한펜(흰살 생선살에 마를 섞어 쪄낸 오뎅), 실곤약 등은 넣지 않고, 대신 문어나 소고기 힘줄, 바지락이나 오징어 꼬치 등을 준비합니다. 어떻게 보면 오뎅 나베도 오코노미야키처럼 자기 기호에 맞는 재료를 준비해 만들 수 있기 때문에 혼자서도 자주

먹고 있습니다.

국물 맛을 더하고 탁해지는 것도 막기 위해 해물은 익혀서 넣는 게 좋습니다. 해물을 익힌 물도 다시에 쓰곤 합니다. 끓는 물에 소금 반 큰술을 넣고 바지락과 소라를 데치듯 삶은 후 꺼냅니다. 그 물에 무를 5센티미터 크기로 잘라 넣고 끓으면 문어를 5분간 삶은 뒤 얼음물에 넣고 식힙니다. 식힌 문어는 먹기 좋은 크기로 잘라 가로로 칼집을 넣은 뒤 꼬치에 끼웁니다. 한 꼬치에 바지락은 열 개 정도, 소라는 세 개 정도입니다. 해물을 삶아낸 물은 채로 거른 뒤 다시에 붓고, 간장 2큰술, 미린 2큰술, 파의 파란 부분과 으깬 마늘 두 개를 넣은 뒤 약불로 30분 정도 더 끓입니다.

나베에 삶은 달걀과 오뎅을 넣습니다. 그리고 꼬치들을 구석구석 끼워 넣습니다. 재료들은 끓으면 부피가 커지지만, 뒤섞이지 않고 먹을 때 편하도록 나베 전체를 꽉 채우는 게 좋습니다. 다시는 한소끔 끓인 뒤 재료가 다 잠길 만큼 붓습니다.

친구들이 도착하고 자리에 앉으면 들뜬 목소리로 그간의 안부를 묻고 각자의 오전 이야기를 나누면서 무와 당근 피클을 접시에 담아내고 가라아게를 튀길 기름 냄비에 불을 붙입니다. 기름이 160도가 되면 먼저 감자를 튀깁니다. 이미 익힌 감자는 옅은 갈색이 될 정도로만 튀깁니다. 그런 다음 녹말가루를 입힌 닭고기를

3~4분 정도 튀깁니다. 그다음엔 190~200도로 올리고 감자를 다시 1~2분간 튀겨냅니다. 감자는 튀긴 뒤 바로 볼에 담고 파스타용 이탈리안 시즈닝을 뿌려 잘 섞은 다음 접시에 냅니다. 닭고기도 1~2분 정도 짙은 색이 나올 만큼 다시 튀긴 뒤 건져냅니다.

시원한 맥주에 갓 튀겨낸 가라아게와 함께 본격적으로 시작합니다. 가라아게는 마침 간이 딱 맞아 소금이 필요 없었습니다. 피클도 절인 시간에 비해 맛이 꽤 잘 들었습니다.

가라아게가 끝나면 그 자리에 테이블용 가스버너를 놓고 오뎅나베를 올린 다음 양파지를 조금 깊은 앞접시에 내옵니다. 다시가 끓기 시작하고 오뎅이 부풀어 오르면 먹으라는 신호입니다. 접시에 겨자를 바르고 종류별로 하나씩 익은 재료를 건져 담습니다. 제일 먼저 무를 젓가락으로 잘라 양파지에 찍어 먹으면 간장에 스며든 청양고추의 매운맛이 삶은 무의 단맛을 돋워줍니다. 바지락과 소라는 말할 것도 없죠. 다만, 처음 시도해본 꼬치라, 파는 맛있었지만, 가슴살의 퍽퍽함이 생각보다 많이 남았고, 처음 손질해서 만들어본 문어 꼬치는 삶을 때 시간이 짧았던지 질긴 식감이 아쉬웠습니다. 그래서 다음에는 마음 편하게 자숙 문어를 사기로 했습니다.

친구가 사 온 케이크와 커피로 마무리하고 전철 막차 시간을 코앞에 두고서야 친구들과 함께 일어납니다. 전철 역 입구까지 친구들을 배웅하고 돌아오는 길. 술과 더운 공기 덕분에 뜨겁게 달아오른 얼굴에 찬바람이 닿으면 그제야 하루가 끝나가는 걸 느낍니다.

조금 전까지 시끄러웠던 고요한 집으로 돌아와 접시를 정리합니다.

늦은 시간이라 조심스럽고 느리게, 설거지를 마칩니다. '친구들이 가고 나면 빈 병을 치우고 천천히 설거지를 하면서 즐거웠던 대화를 복기한다'는 지인의 말처럼, 이 시간조차 소중하게 느껴지고, 이렇게 하는 게 즐거웠던 시간에 대한 예의라는 생각이 듭니다. 설거지를 하는 동안 내일 아침에 마실 옥수수 차를 끓입니다. 그 따뜻하고 구수한 향을 맡으면 마음이 아주 편해지면서 제가 있는 이 공간이 '가정'으로서의 역할을 잘하고 있다는 왠지 모를 든든한 느낌이 듭니다.

남은 재료와 빈 캔, 쓰레기를 정리하고, 식탁을 제자리로 돌리고, 그 위에 올려두었던 화초도 원래 자리로 옮깁니다. 행주는 삶는 냄비에 세제와 함께 넣어 가스레인지 위에 올려놓습니다. 이게 오늘 부엌의 마무리입니다.

샤워를 하고 나와 알맞게 따뜻한 옥수수 차를 컵에 담아 책상 앞에 앉은 새벽.

오랜만에 느끼는 들뜨고 즐거운 마음으로 글을 시작했고, 이틀 간의 부엌을 떠올리며 글을 마무리하면서 뜨는 해를 맞았습니다. 이제서야 눈도 무겁고 온종일 서 있었던 피로감이 밀려오지만, 오랜만에 기분 좋게 '아침잠'을 청할 수 있을 것 같습니다.

그리고 그동안 외로움을 꾹 참고 있던 자신에게 이제는 조금 덜 참자고 말해주고 싶어졌습니다.

간장 소스 가라아게

일본의 '치킨'인 가라아게는 닭 허벅지 살로 만들기 때문에 적당한 기름기와 부드러운 육질이 특징입니다. 원래는 심플하게 녹말가루만 입히지만, 저는 최근에 녹말가루 대신 한국 부침 가루를 쓰고 있습니다. 밀가루뿐 아니라 양파, 감자 등 다양한 재료가 들어가 있어 가라아게 맛을 한층 색다르게 즐길 수 있습니다.

재료
(2인분)

- 닭 허벅지 살 300~400g, 간 생강 10g, 요리용 청주 1큰술, 소금 5g, 후추 2g, 부침 가루 약 4큰술, 물 50ml, 깨소금 적당량
- 간장 소스 재료 : 간장 3큰술, 미린 2큰술, 요리용 청주 1큰술, 황설탕 2큰술

요리법   ① 흐르는 물에 씻은 닭고기는 키친타월 등으로 물기를 닦은 뒤 살이 두꺼운 부분을 포크 등으로 찔러 열이 잘 통하도록 합니다. 그런 다음 한 입 크기로 잘라 볼에 넣고 생강, 요리용 청주, 소금, 후추와 함께 손으로 주물러 밑간을 한 뒤 30분간 재웁니다.

② 간장 소스 재료를 잘 섞은 뒤 냄비에 넣고 끓입니다. 끓어오르면 2분 후에 불을 끕니다.

③ 1에 부침 가루를 넣어 닭고기에 골고루 입힌 뒤 물을 붓고 전체적으로 잘 섞습니다.

④ 160도로 가열한 기름에 닭고기를 약 3~4분간 튀겨냅니다. 1차로 튀긴 닭고기는 5분 정도 그대로 두고 잔열로 속을 익힙니다. 기름 온도를 200도로 올린 뒤 다시 튀깁니다. 두 번째는 색을 내기 위해서이므로 원하는 색이 나오면 바로 건져내 기름기를 뺀 뒤, 2의 간장 소스를 입힌 다음 깨 소금을 뿌려 접시에 담습니다.

25

부엌

: 재생의 삶

재생이라는 단어를 되뇌일 때가 있습니다.

어느 날 출근길에 우연히 술집 간판에 쓰인 '재생'이라는 단어를 보고 곱씹다가 어떤 버튼을 누르는 기분을 느꼈기 때문입니다. 마치 "발사!"라든지 "합체!" 같은 로봇 만화의 대사를 외치는 듯한… 그래서 점심 시간에 공원을 산책하거나 외부 일정을 마치고 회사로 돌아올 때 깊은 한숨과 함께 저 단어를 읊조릴 때가 있습니다. 그리고 고백하자면, 아주 가끔은 오른팔을 높이 들면서 "재생!"이라고 외치면 그 자리에서 솟구쳐 올라 대기권 밖 어딘가로 꺼져버릴 것 같기도 합니다. 하지만, 전 어른이고 사회인이며 매달 25일 월급을 기다리는 직장인입니다.

재생再生의 일반적인 뜻은 '낡거나 못 쓰게 된 것을 가공하여 다시 쓰게 함'입니다. 생물학적으로는 새로 만들어지고 복원되고 성장하는 과정을 뜻하기도 합니다. 그리고 위키 낱말 사전에서는 이렇게 정의했습니다.

1. 죽었다가 다시 살아남

2. 타락하거나 희망이 없어졌던 사람이 다시 올바른 길을 찾아 살아감

3. 녹음·녹화된 테이프나 필름 등에 담긴 본래 소리나 모습을 다시 들려주거나 보여줌

4. 생물의 잃어버린 부분에서 새로운 조직이 생기면서 다시 자라남

하?

1번은 아마도 한자의 직역 같고, 2번은 틀린 말은 아니지만 사전에서 볼 거라고는 생각지도 못한 글이었습니다. 〈재생〉이라는 논픽션 영화의 시놉시스라고 해도 자연스럽게 납득할 정도로. 그동안 제가 머릿속에 두고 있던 재생의 의미는 4번에 가까웠는데, 저 2번을 보니 어쩌면 저에게 정말로 필요한 '재생'이 아닌가 싶습니다. 타락하거나 희망이 전혀 없는 건 아니지만 다시 올바른 길을 찾아 살아가고 싶거든요.

제가 좋아하는 사진이 있습니다.

재작년 《부엌》이라는 잡지의 인터뷰 기사를 위해 요리 사진을 찍었는데, 조리 과정도 필요해 리모트 촬영을 위해 거리 체크를 하면서 찍은 것입니다. 혼자 사진을 찍다 보니 제 모습을 찍을 때는 셀프 타이머나 리모컨을 이용하느라 수많은 실패 컷으로 메모리카드가 가득하지만, 아주 가끔 그중에서 의도치 않은 분위기가 나는 사진도 발견합니다. 보다시피 초점은 제가 아닌 다른 곳에 잡혔고, 촬영 전이다 보니 작업대 위는 잡다합니다. 하지만 오히려 자연스러워 보였고 무엇보다 부엌에 있는 제 모습이 마음에 들어 잡지사에 보내진 못했지만 삭제하지 않고 남겨두었습니다.

이날 촬영을 위해 돼지고기를 장만해 가쿠니角煮(일본식 삼겹살

간장 조림)를 만들었고 달걀말이도 했습니다. 그리고 오랜만에 가쿠니를 처음 먹었던 때가 떠올라 조금 즐거운 시간에 빠지기도 했습니다.

부엌은 재생의 공간입니다.

여러 재료를 죽이고 새로운 요리로 탄생시키는 재생 혹은 재창조가 이뤄지는 곳입니다. 어쩌면 부엌에 들어오기 전부터 재료들 대부분은 이미 '죽은' 상태이지만, 그것을 또 한 번 해치는 잔인한 과정이 남아 있습니다. 가끔 복잡하고 다양한 과정을 거쳐 고기 요리를 할 때는 프랑켄슈타인을 이렇게 만들었을까 상상하기도 합니다. 만들면서 이런 말도 안 되는 잔인하고 서글픈 생각을 해도, 그 요리를 맛있게 먹은 저는 마음의 위안을 얻습니다. 아니 어쩌면 요리를 하기 시작할 때부터 위안을 얻었던 것 같습니다. 칼을 손에 쥐고 위안을 얻는 곳.

혼자 요리를 하다 보면 미로 속에 빠지는 기분이 들기도 합니다.

여러 가지를 요리할 때 조리 시간을 떠올리면서 머릿속으로 순서를 정리하거나, 갑자기 다음 과정이 생각이 안 나서 멍하게 재료들을 바라보거나. 그럴 때는 고기가 익는 냄새나 밥 짓는 냄비에서 물이 잦아드는 소리도 인식하지 못합니다. 찰나와 같은 이 순간에 텅 빈 의식 속으로 이질적인 뭔가가 틈새를 비집고 들어옵니다. 다행히도 이내 다시 현실로 돌아와 해야 할 것들을 하고 요리를 마칩니다. 아무렇지 않게 식탁에 앉아 식사를 하고 설거지를 한 뒤 다음 식사를 준비합니다. 아무렇지 않다고 썼지만 사실 아무렇지 않은 것은 아닙니다. 어떤 실금이 조금씩 생기는 게 아닌가 걱정됩니다. 이런 순간들이 가로막힌 벽처럼 다가와 그걸 피하느라 부엌에 서지 않을 때에 대한 두려움 말입니다.

그래도 머릿속이 복잡하고 마음이 엉켜 있을 땐 언제나 부엌에 들어와 섭니다.

그리고 숫돌을 꺼내 물에 담그는 것으로 시작합니다. 물에 잠긴 숫돌에서 솟아오르는 기포를 보면서 오늘은 실수 없이 칼을 잘 갈자고 다짐합니다. 그렇게 마음을 가다듬고 준비한 도구를 들고 요리할 때는 기합부터 확실히 다릅니다. 손으로 전해지는 잘리는 느낌에서 알 수 있고 다듬어진 재료의 모양에서 알 수 있습니다. 그렇게 만든 요리에서 느끼는 만족감은 큰 위안이 됩니다. 날이 죽었던 도구는 가다듬어 다시 쓰게 되었고, 들숨을 쉴 때 느껴지는 마음의 근육은 점점 단단해집니다. 이것이 바로 재생입니다. 죽었

다가 다시 살아나고, 생물의 잃어버린 부분에서 새로운 조직이 생
겨 다시 자라나는.

이렇게 재생의 과정이 가득한 부엌에서 자신을 위로하고 자신
의 효용 가치를 확인하는 삶.

매일 반복되는 일에서 유의미한 뭔가를 찾는다면 그만큼 절박
하다는 뜻일지도 모릅니다. 하지만 그 절박함만큼 단단해지기 위
해 부엌에 서서 시간과 노력을 들여 재생의 끼니를 만들어 새살을
채우며, '재료의 재생'이 '나의 재생'으로 이어지기를 바랍니다.

가끔 부엌에 서서 구석구석 살펴볼 때가 있습니다.

처음에는 꺼내기 불편한 조미료 통을 어디로 옮길까 생각하다
가 시선이 점점 부엌 구석구석을 훑게 됩니다. 있던 것들이 없어
졌고, 없던 것들이 새로 생겼습니다. 세월을 함께하고 끼니를 만
들던 도구와 그 끼니를 정성껏 품어주던 그릇들. 제 손끝에서 부
서지고 금이 가 버려진 그릇의 자리를, 반듯하고 단정하고 깨끗한
새 그릇들이 차지하고 있습니다. 지금은 빈자리조차 사라져버린
그들에게 제 서투름에 대한 미안한 마음을 표현할 수 없다는 것이
아쉽습니다.

부서지고 금이 간 그릇들은 제 부엌에선 그러지 못했지만 다른 곳에서는 반드시 재생되길 바랍니다. 어딘가에 작은 가루로 남겨지더라도, 그동안 함께했던 요리의 맛과 저의 재생을 함께했던 기억으로 보다 단단하고 멋지게.

재생의 부엌

: 도쿄 일인 생활 레시피 에세이

1판 1쇄 발행 2023년 8월 24일
1판 4쇄 발행 2024년 9월 9일

글·사진 오토나쿨

펴낸이 정유선
편집 손미선 정유선
디자인 송윤형
제작 제이오

펴낸곳 유선사
등록 제2022-000031호

ISBN 979-11-978520-4-6 (03810)

문의 yuseonsa_01@naver.com
instagram.com/yuseon_sa